»Koprolalie. Entdeckt habe ich das wunderbare Wort in einem Buch von Oliver Sacks. Soweit ich mich erinnere, war eine ältere, recht christliche Dame mit dieser, wie Sacks es nannte, Störung gesegnet und begleitete fortan Gottesdienste wie Kirchenbasare mit fröhlichen Ausbrüchen obszöner Beschimpfungen. Bis heute träume ich davon, dass auch mir ein solcher Segen zuteil wird, und ich hoffe, dass dies geschehen wird, solange ich es noch mitkriege.« (Ira Strübel) »Ich bin mit dem Internet noch nicht ganz zufrieden. Ich finde, man orientiert sich dort zu sehr an zweifelhaften Zielgruppen und zu wenig an mir.« (Kathrin Passig) Zwischen 2001 und 2003 schrieben Strübel und Passig in ihrer *taz*-Kolumne »Strübel & Passig« über das Leben im 21. Jahrhundert. Die Kolumne entwickelte sich schnell zum Liebling der Massen, wurde aber dennoch eingestellt. Das bedauert nicht nur die *taz* bis heute. Nun erscheint ein Best Of dieser Kolumnen, ergänzt durch die schönsten Kolumnen, die Strübel und Passig für die »Wahrheit«-Seite der *taz* verfasst haben.

Ira Strübel, geboren 1970, lebte als Arbeiterkind, Bandmitglied, Internetarbeiterin, betrieb Motorsport, machte Fernseh-PR, Kolumnen, Werbung. Derzeit ist sie spezialisiert auf Textdinge, Affenfotografie und Marken. Sie ist Mitarbeiterin des Weblogs »riesenmaschine.de« und Agentin der ZIA. Gemeinsam mit Kathrin Passig verfasste sie den Bestseller »Die Wahl der Qual«. In dem Buch »Riesenmaschine. Das Beste aus dem brandneuen Universum« finden sich ebenfalls Texte von ihr und Kathrin Passig.
Kathrin Passig, geboren 1970, übt in Berlin diverse schöne und namenlose Berufe aus. Sie ist Mitbegründerin der Zentralen Intelligenz Agentur, schreibt und programmiert für die Weblogs »riesenmaschine.de« und »lesemaschine.de« und verlässt das Internet nur in Notfällen. 2006 erhielt sie den Bachmannpreis und den Publikumspreis bei den Dreißigsten Tagen der deutschsprachigen Literatur in Klagenfurt. Zuletzt erschienen: »Lexikon des Unwissens « (Rowohlt 2007, gemeinsam mit Aleks Scholz).

Ira Strübel und Kathrin Passig

Strübel & Passig

Gesammelte Kolumnen

VERBRECHER VERLAG

Erste Auflage
Verbrecher Verlag Berlin 2007
www.verbrecherei.de

Einbandgestaltung: Sarah Lamparter
Satz: Christian Walter
Druck: Dressler, Berlin
ISBN: 978-3-935843-97-3

Printed in Germany

Der Verlag dankt Claudia Felber und Julia Walter

GUMMI-BÄRCHEN

Kathrin Passig

Für einen guten Zweck und die Wissenschaft betrete ich eine Apotheke und verlange Frauenkondome. »Es ist für einen Test in irgendeiner Zeitung«, versichere ich ungefragt. Die Leute sollen nicht glauben, ich will meine Innereien aus gläubigem Feminismus mit einem Polyurethanbeutel auskleiden. Die Apothekerin springt vor Freude im Dreieck und will mir gleich erklären, wie alles funktioniert, weil die Gebrauchsanweisung auf englisch ist, aber das ist mir peinlich.

Stattdessen kaufe ich noch ein paar Kilometer Zahnseide, die in dieser Frauenkondomapotheke (Pannierstraße, Berlin) erstaunlich billig ist, und dann trage ich meine drei »Reality«-Kondome plus 18-seitiger Gebrauchsanweisung und Gleitmittelfläschchen für alles zusammen sechs Euro nach Hause. So teuren Sex hatte ich noch nie, obwohl, wenn man die Pille nimmt (Kinder) und Kondome benutzt (unerfreuliche Krankheiten) und dann wird man nur einmal alle drei Wochen gebürstelt, dann geht das auch ganz schön ins Geld. Kaum drei Wochen später kommt Herr S. zu Besuch, und wir testen.

Das Einführen ist so ähnlich wie das Einführen einer Katze in einen Katzentransportbehälter: Hat man das eine Ende glücklich verstaut, springt einem das andere Ende wieder entgegen und umgekehrt. Schuld ist neben der großzügigen Gleitmittelbeschichtung der Außenseite ein spezieller Ring aus Gummi, der lose im Inneren der Tüte herumrutscht und

Herrn S. später nicht unbeträchtlich drücken wird. »Da steht man dann da mit ausgefahrenem Christbaum«, beschwert sich Peter, nachdem er mit seiner Freundin Susi das zweite Kondom getestet hat, »und muss warten, bis das Teil eingebaut ist.« Susi sagt: »Ich hab dann den Ring hinterher rausgenommen aus dem Beutel und ihn abgewaschen, und dann hab ich ihn der Katze gegeben, die spielt sehr gern damit.«

Zur Funktionalität selber gibt es nicht so viel zu sagen. Zwar wird die sowieso eher zweifelhafte Ästhetik des Beischlafs nicht durch den Anblick wurstartig eingeschweißter Körperteile getrübt, aber ein raschelnder Plastikbeutelfortsatz im Schritt ist doch auch keine Zierde, nur weil man da selber nicht so gut hinsehen kann. Das Spermarückhaltevermögen des Beutels ist lachhaft, vor allem wenn die Frau oben liegt. Aber meine postfeministische Generation darf ja, glaube ich, inzwischen auch wieder unten liegen, wo es viel bequemer ist und die Nase nicht so leicht verstopft, wenn man Schnupfen hat.

Erstaunlicherweise schämt sich der Hersteller nicht, auf die Packung zu schreiben, dass die Wahrscheinlichkeit, trotz Frauenkondom schwanger zu werden, bei 26 % liegt. Das sieht auch im Vergleich mit den angeführten politisch korrekten Verhütungsmethoden (Zervixkappe, Diaphragma, Schwämmchen) nicht gut aus. Wer das Frauenkondom »Reality« vier Jahre lang gewissenhaft benutzt, wird also nicht nur um 744 Euro (zweimal die Woche) oder 2.233 (öfter) Euro ärmer, sondern auch schwanger. Mehr Spaß als mit einem normalen Kondom macht es auch Herrn S. nicht. Die einzige Zielgruppe, die mir für das Frauenkondom »Reality« einfällt, ist mein Exfreund H., den eine abnorm bewegliche Vorhaut am Gebrauch von Kondomen hindert. Aber die Zahnseide ist wirklich enorm billig in der Pannier-Apotheke, die übrigens nach Jean-Luc Pannier, dem Erfinder des Semmelmehls, benannt ist. Das sollte man im Auge behalten.

2.7.1996

PERVERSER KINO-TERROR

Ira Strübel

Koprolalie. Entdeckt habe ich das wunderbare Wort in einem Buch von Oliver Sacks. Soweit ich mich erinnere, war eine ältere, recht christliche Dame mit dieser, wie Sacks es nannte, Störung gesegnet und begleitete fortan Gottesdienste wie Kirchenbasare mit fröhlichen Ausbrüchen obszöner Beschimpfungen. Bis heute träume ich davon, dass auch mir ein solcher Segen zuteil wird, und ich hoffe, dass dies geschehen wird, solange ich es noch mitkriege.

Frau Passig schläft immer zu den möglichsten und unmöglichsten Gelegenheiten ein. Narkolepsie heißt das dann, aber das wissen die Leut' nicht. Wenn sie also einschläft, am Tisch, im Restaurant oder auf der Reclam-Party, lachgrinsen die Leute und deuten stumm mit dem Kinn in ihre Richtung, so als wollten sie sagen, »haha, schau mal, die schläft«. Ich bin dann immer versucht zu erwidern »das ist das, was River Phoenix in ›My Private Idaho‹ auch hatte, haha, nicht komisch«, und Frau Passig ist, wenn sie vom angeregten Gemurmel der Meute aufwacht, unangenehm berührt. Wegen der Einschlaferei. Mit einer Narkolepsie kann man in ein Schlaflabor gehen, und dann diagnostizieren sie das und man kriegt, wenn man Glück hat, und sie einem offiziell bestätigen, dass man das, was River Phoenix in »My Private Idaho« hat, auch hat, lustige Drogen verschrieben, die ansonsten unters Betäubungsmittelgesetz fallen. Abgesehen von den Medikamenten aber scheint mir die Narkolepsie wenig unterhaltsam.

Auch besteht sicher die Gefahr, dass man seine Haltestelle in der Straßenbahn verschläft, dass man beim Autofahren plötzlich wegpennt oder dass man nie das Ende seines Lieblingsfilms erfährt.

Anders verhält es sich wohl mit der Koprolalie, und darum scheint sie mir erstrebenswerter zu sein. Lebt man sein Syndrom aus, erntet man wenig angerührte Blicke. Vielmehr muss man davon ausgehen, dass man relativ bald eine auf die Fresse kriegt, denn sogar Pfarrer – Bergpredigt hin, Bergpredigt her – bleiben nicht lange friedlich, wenn man sie ein arschfickendes Furzkissengesicht schimpft. Nonnen verhauen einen mit schwarzen Stockschirmen, weil man sie im Vorbeigehen mit als unaussprechlich geltenden hasstiradischen Fäkalformulierungen bedacht hat. Im Kino läuft man Gefahr, vom aufgebrachten Mob gelyncht zu werden, wenn man zwanghaft und ekstatisch »ficken, ficken, ficken, ficken, ficken« ruft, während Julia Roberts und Richard Gere sich gerade beinah fast küssen. Ältere Damen, die einem in der Straßenbahn ein Pulmoll angeboten haben, weil man so hustet, werden zu Furien, wenn man sie zum Dank mit aufreizenden Titeln wie »alte Bumsschachtel« versieht.

Die Möglichkeiten erscheinen grenzenlos und unterhaltsam. Wenn man eine Koprolalie hätte, müsste man nie mehr ein Buch mit sich tragen. Man schriebe täglich seine eigenen Kurzgeschichten und hätte innerhalb einer Woche Stoff für einen Memoirenband. Andererseits könnte es natürlich sein, dass man mit so einer Koprolalie langfristig überdimensional heftig aneckt. Vielleicht wird man festgenommen und weggesperrt.

Womöglich muss man in ein beschissenes Sprachlabor, um eine verfickte zielgenaue Diagnose erstellt zu bekommen, und wenn sie dann rausfinden, dass man das hat, was die scheißdrecksalte Dame in dem Buch von Oliver Sacks hatte, kriegt man womöglich das gottverdammte Fickmaul gestopft mit irgendwelchen beschissenen Hirnbremsern und verpissten Tranquilizern und kann dann vielleicht nicht einmal mehr den eigenen Namen schreiben. Was für eine kackverfickte Verschwendung.

Da zähme ich doch lieber meine gottverlassene Zunge und denk mir meinen Teil. Und wenn alte Damen in die Straßenbahn steigen und ich hab keine Lust, aufzustehen, kann ich ja immer noch einen narkoleptischen Anfall oder ein Nickerchen vortäuschen oder erbärmlich husten. Vielleicht hab ich ja Glück und es steckt mir jemand ein Amphetamin zu. Oder ein Pulmoll. Oder beides.

27.11.1999

PIBLOKTOQ, PA-LENG, UFUFUYANE

Kathrin Passig[1]

Während man hierzulande an Angst vor Spinnen erkranken kann, am Zwang, Servietten zu beschriften und vielleicht gerade mal noch an der Unfähigkeit, Dortmund zu verlassen, haben andere Länder wie üblich die schnittigeren, exotischen Wahnvorstellungen für sich gepachtet. Unter der Rubrik »Kulturspezifische Störungen« führt die WHO in ihrem internationalen Klassifikationssystem so wunderliche Krankheiten wie die »arktische Hysterie« Pibloktoq der Inuit auf, deren Symptome Herunterreißen der Kleidung, Rollen im Schnee, wirre Reden, Zerstörung von Eigentum und Koprophagie sind. Offenbar genügt es nicht, einfach Sachen kaputtzuschlagen, es muss sich schon explizit um Eigentum handeln. Andererseits gehören die paar Dinge, die in der Arktis herumstehen, vermutlich wirklich alle irgendwem. Nach wenigen Minuten ist jedenfalls alles vorbei und der Eskimo gibt sich wieder seinem Alltag hin, der wohl nicht wesentlich weniger rätselhaft ist als seine Anfälle.

In Südostasien grassiert die Frigophobie Pa-leng, eine ausgeprägte Angst vor Kälte und Wind, in denen man die Verursacher von Müdigkeit, Impotenz oder Tod vermutet. Die Betroffenen tragen zwanghaft schwere und übermäßige Kleidung. In Südwestasien dagegen fürchtet man Koro, das Zurückziehen der Genitalien ins Körperinnere; als auslösende Faktoren werden Krankheit, Kälte und exzessiver Koitus genannt. Die Behandlung besteht aus »Festhalten der Genitalien durch die Betroffenen oder ein Familienmitglied, Anbringung von Schienen oder Geräten zur Verhinderung der Retraktion, Massage und

Fellatio«, auf Krankenschein womöglich. In Mexiko stellen sich chronische Beschwerden verschiedenster Art, Susto, ein, wenn ein entfernter Verwandter heftig erschrickt. Junge, unverheiratete Frauen der Bantu und Zulu brechen beim Anblick von Männern oder Fremden in Schreien und Schluchzen aus, erleiden Lähmungen und Krämpfe, Alpträume mit sexuellen Inhalten oder erblinden vorübergehend. Bislang mussten wir zu diesem Phänomen »Hysterie beim Besuch von Boygroup-Konzerten« sagen, aber die offizielle Bezeichnung »Ufufuyane« ist doch handlicher. Massive therapeutische Intervention ist beim Windigo der nordamerikanischen Ureinwohner nötig, zu dessen Symptomen der wahnhafte Wunsch zählt, Menschenfleisch zu essen: Man ächtet die Betroffenen und bringt sie um.

Spektakuläre Krankheitsbilder allenthalben, nur die Deutschen sind wieder mal ein Volk ohne Trauma und gerade dabei, den internationalen Anschluss auf dem Markt der neurotischen Zustände zu verpassen. Es besteht dringender Zwangshandlungsbedarf: Was ist mit der Angst, vom Ende der Rolltreppe erfasst und eingezogen zu werden, der man mit dem Tragen von Turnschuhen, die wie Waschmaschinen aussehen, begegnet? Sie bleibt so namenlos wie das Peinigen des Lebensgefährten mit Wasdenkstdu- und Hörmirdochmalzu-Gejammer (Prodromalsymptom: Umarrangieren von Eigentum nach Feng-Shui-Vorschriften), ausgelöst durch die Angst, in Wirklichkeit ein entichtes Gemüse zu sein, das auf einer Fensterbank vergammelt. Auch hier empfiehlt sich übrigens als Behandlung das Festhalten der Genitalien durch ein Familienmitglied, glaube ich.

27.1.2000

1 Die Witze in diesem Beitrag wurden freundlicherweise von Wolfgang Herrndorf gestiftet.

SURFEN IM NEONARZISSMUS

Kathrin Passig

»Ehrgeiz und Ruhmbegierde machen einen hervorstechenden Zug in meinem Charakter aus. Von Welt und Nachwelt gepriesen zu werden, dünkt mir das größte Erdenglück.« So schreibt 1795 Anselm von Feuerbach, der zur Beförderung seines irdischen Ruhms unter anderem das bayerische Strafrecht reformiert hat. Dass die Folter heute selbst in Bayern abgeschafft ist, verdanken wir Herrn von Feuerbach.

Die Nachwelt preist ihn dafür vielleicht sogar ein bisschen zu sparsam, aber was solls: Er ist tot. Das Vergnügen liegt schließlich darin, sich zu Lebzeiten an der Vorstellung der eigenen Unsterblichkeit zu erfreuen: »Stundenlang kann ich herumgehn und mich an den Bildern meiner Hoffnung ergötzen. Ich denke mir dann, wie ich von der Welt gerühmt, von der Nachwelt als Beförderer der Wissenschaften gepriesen werde, wie man meine Werke citirt, meinen Namen im Munde führt und mir eine ehrenvolle Stelle unter den Wohlthätern des Menschengeschlechts und den Männern anweist, die den menschlichen Geist auf höhere Stufen geführt haben. O wie selig, wie unaussprechlich glücklich bin ich dann!«

Wir Nachgeborenen sind nicht mehr gänzlich auf die Kraft unserer eigenen Fantasie angewiesen, wenn wir uns in der Bewunderung der Massen sonnen wollen. In der Wired-Kolumne »Jargon Watch« wird schon 1996 der Begriff des »Ego-Surfing« aufgeführt. Er beschreibt das heimliche Laster, den eigenen Namen in Suchmaschinen einzugeben und sich an den resultierenden Belegen für die eigene Existenz und deren Bekanntheitsgrad zu erfreuen. Dabei handelt es sich allerdings nur um die proletarischste Variante einer noch viel differenzierteren Form der Selbstbefriedigung.

Die nächste, immer noch recht tölpelhafte Stufe besteht im Erstellen einer eigenen, mit einem Zähler versehenen Homepage.[1] Täglich wirft man nun prüfende Blicke auf diesen Zähler, nicht ohne ihn dabei jedes Mal selbst um eins zu erhöhen. Fortgeschrittenere Ego-Surfer verschmähen den kleinbürgerlich-ostentativen Zähler ebenso wie das ohnehin nur von gutmütigen und mehrfach dazu aufgeforderten Freunden gefüllte Gästebuch.[2] Sie studieren die Zugriffsstatistiken des Webservers, wissen genau über den Beliebtheitsgrad jeder einzelnen Seite Bescheid und erfreuen sich daran im Stillen, ohne mit vulgären Pagehits anzugeben. Mein Kollege Harald, Autor eines obskuren Freeware-Programms, startet mehrmals täglich die Konkurrenzprodukte und erfreut sich an deren Minderwertigkeit und umständlicher Bedienung.

Eine der ausgefeiltesten Varianten praktiziere ich selbst: Mindestens einmal die Woche rufe ich eine meiner zahlreichen selbst verfertigten Websites auf und stelle mir dabei lebhaft vor, ich wäre eine mir ganz fremde Person, die – womöglich nach langer fruchtloser Suche in den unnützen Schriften anderer – mehr über das dort behandelte Thema erfahren möchte. Aufmerksam lese ich das Dargebotene von der ersten bis zur letzten Zeile. Am Ende fühle mich durch und durch informiert und bin zufrieden. Alle meine Fragen sind beantwortet. Manchmal mache ich mir deshalb Sorgen und fühle mich ein wenig unnormal. Aber dann blättere ich in der *taz* und bin beruhigt. Frau Passig geht es ja nicht anders.

22.3.2000

1 »Homepages« mit »Zählern«, das waren so Sachen, die man um 2000 herum hatte und deren Erklärung hier zu weit führen würde.

2 »Gästebuch«, auch so ein Ding. Man kann sich beim Lesen einfach vorstellen, es wäre von Blogs[3] die Rede.

3 An dieser Stelle werden bei einer Neuauflage des Buchs weitere Erläuterungen fällig.

ICH BIN EIN ENTWICKLUNGSROMAN

Ira Strübel als Kathrin Passig

Als Einzelkind hat mans nicht leicht. Es ist recht freudlos, immer allein mit ein und derselben Person – sich selbst – zu sein. Schnell gehen einem die unerzählten Anekdoten aus. Deshalb wär ich gern hin und wieder jemand anders gewesen.

»Mama, kann ich heut mal jemand anders sein?«, fragte ich meine Mutter im zarten Alter von viereinhalb Jahren.

»Nein«, sagte die Mutter nur, denn ihre schwäbische Herkunft erlaubte ihr nicht viele Worte.

»Och menno«, maulte ich und ließ ihr gegenüber das Thema ruhen. Beharrlich antwortete ich jedoch weiter auf die Frage »Was willst du denn werden, wenn du groß bist?« mit einem trotzigen »Viele«. Mehrfach wurde ich dabei ertappt, wie ich sehnsüchtig auf die Ich-bin-zwei-Öltanks-Werbung starrte. Nach dem neidischen Konsum von Internatsgeschichten mit Zwillingsverwechslungen und dem eifersüchtigen Studium diverser RAF-Fahndungsplakate am Eingang des Postamts (die hattens gut, die hatten eine Bande; und dazu eine Menge Alias-Namen) machte ich schließlich Abitur und verließ die Heimat. Wenn ich schon nicht jemand anders sein durfte, dann wollte ich wenigstens woandershin, insistierte ich. Also begann ich ein Studium in der Fremde und stieß dabei auf wunderbar tröstliche Dinge wie Deleuze, Foucault und das Internet. Das nutzte ich schamlos aus.

»Im Netz weiß keiner, dass du ein Hund bist«, sagte ich im Studenten-Café wissend. »Wieso denn ein Hund?«, fragte meine Freundin bestürzt. Ich schaute französisch und zitierte meine Helden: »Wer spricht? Wer handelt? Es gibt immer eine Vielfalt – selbst in einer sprechenden oder handelnden Person. Wir alle sind ›Gruppen‹!«, rief ich aus, fast empört, das erklären zu müssen. »Das Internet«, dozierte ich, »untergräbt den Zwang zum einzigen und ewigen Ich!« »Noch'n Kaffee?«, wechselte die Freundin unangenehm berührt das leidige Thema.

So frönte ich meiner Leidenschaft fürs Viele-Sein fortan heimlich im Netz, denn dort konnte ich alles sein: eine notgeile Hausfrau mit Lockenwicklern, ein öder Versicherungsvertreter, ein rosaroter Hase, der schweigend in der virtuellen Ecke steht und nur mittels eines elaborierten genitalen Morsecodes kommuniziert. Allein deshalb ist das Internet eine prima Sache, doch löste es natürlich noch nicht mein Problem in der realen Welt.

So arbeitete ich beharrlich daran, meine Netzerfahrungen auch in der Kohlenstoffwelt umzusetzen: Real Life Identity Sharing, das wars! Wenn man Autos teilen konnte, müsste das doch auch mit dem Selbst möglich sein. Hanni und Nanni hatten es mir ja vorgelebt. Nun musste ich nur noch jemandem vom Shareholder Value meiner Person überzeugen. Und tatsächlich: Im Netz fand ich willige Mitstreiter für die gute Sache. So erfüllte sich mein Kindheitstraum, und es wurde doch noch alles gut.

Eben zum Beispiel rief mich Frau Passig an. Sie müsse ihre monatliche Kolumne für die *taz* schreiben, habe jedoch keine Zeit, und deswegen sollte ich einen Artikel an ihrer Stelle liefern, und darunter möge stehen: Ira Strübel als Kathrin Passig.

Na bitte, es geht doch.

27.4.2000

ÜBER WACHEN UND SCHLAFEN

Kathrin Passig

Der morgige »Tag des Schlafes« wird ohne mich stattfinden müssen. Für mich ist jeder Tag Tag des Schlafes; schließlich will man nachts ja fit sein. Am Mittwoch treffen sich Wissenschaftler in Bonn, um die neuesten Erkenntnisse auf dem Gebiet der Schlafforschung zu diskutieren. Jedes Apothekenblatt wird wieder über Schlafstörungen berichten und mit Schlafstörungen meinen, dass man im Bett liegt und nicht einschlafen kann. Mir als Narkoleptikerin entlocken solche Sorgen nur ein müdes Lächeln. Mal zur Abwechslung nicht einschlafen zu können scheint mir durchaus erstrebenswert.

Wenn ich einen Euro für jede Liebeserklärung hätte, während deren ich eingeschlafen bin, wäre ich zwar nicht direkt wohlhabend, aber für eine Tasse Kaffee würde das Geld schon reichen. Und wenn man nur die Zeit gelten lässt, die ich in wachem Zustand an der Uni verbracht habe, bin ich statt im zweiundzwanzigsten Semester erst im vierten. Da meine Mutter diese Rechnung nicht nachvollziehen will, lasse ich mir einen Termin im Schlaflabor geben, um mir schriftlich bestätigen zu lassen, dass ich an einer ordentlichen Krankheit leide und kaltes Duschen nicht hilft.

Um acht Uhr abends muss ich mich dort einfinden und als erstes zahlreiche Fragebögen ausfüllen. Highlight der Befragung ist: »Fühlen Sie sich: – eher sündig? – eher rein?« Auf Nachfrage erklärt man mir, ich sei ja noch gut dran; man habe oft ausländische Patienten, denen man den Begriff Sünde erst mühsam erklären müsse. Dann kleben mir zwei Schwestern Elektroden auf den Kopf und ins Gesicht, wobei sie eine Art Good-Cop/Bad-Cop-Methode einsetzen: Die eine führt kompetent die Aufsicht, während die andere mit großer Ausdauer alles an die falschen Stellen klebt und zwischendrin lange Denkpausen einlegt, in denen sie neue Fehler ersinnt. Man testet die Elektroden, ob sie auch alle meine schmutzigen Gedanken in den Nebenraum übertragen (natürlich nicht, weil sie dank den Bemühungen der anderen Schwester falsch angeschlossen sind), ich muss mir einen Temperaturfühler in den Arsch fädeln und werde sechs Stunden vor meiner üblichen Schlafenszeit ins Bett gesteckt. Der Lichtschalter ist außen.

Das sechs Quadratmeter große Zimmer hat keine Fenster und wird von einer rauschenden Klimaanlage konstant auf einer etwa fünf Grad zu hohen Temperatur gehalten. Das Kabelgestrüpp behindert mich bei jeder Bewegung, und ich bin der modernen Apparatemedizin sehr gram. Erst als ich mir vorstelle, im Gefängnis zu sein, fühle ich mich wohler und schlafe ein.

Der nächste Morgen verläuft höchst unerfreulich. Es ist erst acht Uhr, und ich muss mir den fiesen Temperaturfühler vor den Augen der Schwester wieder aus dem Arsch popeln. Selbst rohe Gemüter wie ich (ich habe auf dem Fragebogen alle moralisch depravierten Items angekreuzt, ich lüge regelmäßig und trage Meinungsverschiedenheiten schon mal handgreiflich aus) sind um diese Tageszeit empfindlich. Weitere Fragebögen warten. Übellaunig kreuze ich alle »Ich habe miserabel geschlafen und will die Geschäftsführung sprechen und mein Geld zurück«-Optionen an. Im Vergleich zur letzten Befragung habe ich schon etwa fünfzig Prozent an Zuversicht, Selbstbewusstsein und Lebensfreude eingebüßt. Vielleicht zieht die Wissenschaft daraus ja endlich den überfälligen Schluss, dass auf dem frühen Aufstehen kein Segen liegt.

Nach dem Frühstück darf ich gleich wieder ins Bett. Für den Tag steht jeweils eine halbe Stunde Schlaf um 9, 11, 13, 15 und 17 Uhr auf dem Programm – eigentlich ein Tagesablauf ganz nach meinem Geschmack, aber doch ein bisschen öde. Höhepunkt des Tages ist ein Ausflug zum Schokoriegelautomaten im Erdgeschoss, wo mir eine alte Schachtel zuvorkommt, die nach langem, sehr langem Sinnieren Geld einwirft und zielstrebig eine Tastenkombination drückt. Trübe und teilnahmslos sehen wir beide zu, wie sich die einzige nicht gefüllte Spirale im Automaten in Bewegung setzt und für siebzig Cent Luft in den Ausgabeschacht schaufelt. Wenn so das Leben der Um-acht-Aufsteher aussieht, dann können sie das gern auch weiterhin ohne mich führen. Und sollte ich mir in der nächsten Zeit ein Bein brechen, werde ich Heftpflaster draufkleben und es zu Hause auskurieren. Mein Bedarf an lindgrün gestrichenen Institutionen ist fürs Erste gedeckt.

20.6.2000

ARBEITEN WIE BEI MUTTERN

Kathrin Passig

Telearbeit ist keine schlechte Sache, Tele ohne Arbeit sogar noch besser. Nicht dass mein Berliner Büro nicht sehr wohnlich wäre: Wir sind im Besitz von 200 DVDs, einem Beamer und einem Surround-Sound-System, mit dem man die ausgeworfenen Patronenhülsen zum allgemeinen Entzücken in der Küche zu Boden fallen hören kann. Außerdem gibt es einen gut gefüllten Kühlschrank, und ein Putzmann räumt hinter uns her. Wer braucht einen Telearbeitsplatz, wenn es im Büro schöner ist als zu Hause?

Als ich noch zu Hause gearbeitet habe, bin ich morgens aufgestanden und habe mich ungewaschen und im Bademantel an die pizzaklebrige Tastatur gesetzt. Die Zukunft liegt, wenn man mich fragt, ganz sicher nicht im Heimarbeitsplatz, sondern in der Büro-WG mit allerhand schmucken Zusatznutzen wie betriebseigenen Whirlpools. Überhaupt glaube ich, dass das Büro der rechtmäßige Nachfolger der WG ist; das lassen jedenfalls unsere Auseinandersetzungen über die nicht in den Kühlschrank gestellte Milch vermuten.

Im Unterschied zur WG hat man aber auch noch ein Privatleben, in das man sich zurückziehen kann, und einen Privatkühlschrank, in dem das Essen nicht umgehend von einem kollegialen Heuschreckenschwarm vertilgt wird. Das heißt, andere Leute haben so einen Privatkühlschrank. Ich habe meinen letztes Jahr abgeschafft, nachdem ich im Rahmen einer allgemeinen Lebensbilanz feststellen musste, dass er nur noch ein Joghurtglas voll Kaffee enthielt, das mein Exfreund A. um 1994 dort deponiert hatte.

Ich bin also parasitär auf fremde Wirtskühlschränke angewiesen, und wenn der Kühlschrank im Büro sich leert, verlege ich meinen Arbeitsplatz ins Elternhaus. Besonders im Sommer gibt es Schlimmeres, als mit einem Eis im Garten zu sitzen und gefragt zu werden, was man gern zu Abend essen würde. Auch die lästigen Aufforderungen, doch jetzt in den Sommerferien mal einen Job in der Kartonfabrik anzunehmen, sind in den letzten Jahren selten geworden. »Telearbeit«, erkläre ich, wenn man mich fragt. »Geh mir aus der Sonne.«

Dank weitblickender Berufswahl kann ich so gut wie alles als Arbeit deklarieren, auch das Weglesen halbmeterhoher Krimistapel. Hin und wieder verschicke ich Mails. Des Weiteren möchte die Katze zweimal täglich von mir gebürstet werden, und damit enden meine Pflichten. Ich schneuze mich in Stofftaschentücher statt in Klopapier und esse vier Mahlzeiten täglich. Mittags fahren meine Mutter und ich mit dem Fahrrad zum Baden. Dort liegen wir in der Sonne und grunzen wohlig, während mein Vater das Geld für die vier Mahlzeiten und die Stofftaschentücher nach Hause bringt. Nur das Platschen der Amöben, die von Zeit zu Zeit aus dem Wasser springen und nach Insekten schnappen, durchbricht die Stille. Früher wäre man jetzt gefragt worden, ob man die Hausaufgaben für morgen schon gemacht hat. Erwachsensein ist auch keine schlechte Sache, denke ich und schließe die Augen. »Hast du deine Kolumne für morgen schon geschrieben?«, fragt meine Mutter.

28.8.2000

CARGO-KULT IN GROSSBRITANNIEN

Kathrin Passig

Cargo-Kulte sind religiöse Bewegungen auf irgendwelchen Pazifikinseln. Nach der Abreise der Amerikaner, die dort im Zweiten Weltkrieg stationiert waren, begannen die Eingeborenen die fremden Götter und ihren wunderbaren Reichtum an Zivilisationsgütern, das »Cargo«, zu vermissen. Um das alles wieder herbeizulocken, rodete man kleine Landebahnen in den Urwald und bastelte Lagerschuppen und Flugzeuge aus Holz und Stroh. Jetzt sitzt man mit hölzernen Funkgeräten ausgerüstet herum und wartet auf die Wiederkunft der Götter. Es ist die äußere Ähnlichkeit der Funkgeräte, Flugzeuge und Landebahnen, auf die es ankommt, und wenn man nur etwas Geduld aufbringt, wird sie ihre Wirkung nicht verfehlen.

Man muss aber nicht bis in die Südsee reisen, um diese possierliche Religion zu studieren: Ganz Großbritannien wird nach den Regeln eines Cargo-Kults betrieben. Touristen sticht das Prinzip zuerst bei den sanitären Anlagen ins Auge. Seifenablagen in der Dusche, denen das Entwässerungsloch in der Schale fehlt, ahmen die kulturellen Errungenschaften fremder Länder so oberflächlich und funktionslos nach wie die britischen Duschen selbst. Die Kodierung rot/blau zur Kennzeichnung wärmeren und kälteren Wassers hat ihre ursprüngliche Bedeutung verloren und dient als rein dekorative Beschwörungsformel. Wer Einheimische bei der Körperpflege beobachtet, wird feststellen, dass das Konzept des Gebrauchs angenehm temperierten Wassers zur Reinigung insgesamt unverstanden bleibt. Eventuell ist das ganze britische Badezimmer letztlich zu religiösen Andachtszwecken und nicht zum tatsächlichen Gebrauch eingerichtet. Warum sonst würde irgendwer sein Bad mit Teppichfliesen auskleiden?

Vage Nachahmungen zivilisatorischer Annehmlichkeiten ziehen sich auch sonst durchs britische Alltagsleben. Züge haben Türen, die sich von innen nicht öffnen lassen, so dass Fahrgäste das Fenster herunterkurbeln und den Türgriff von außen betätigen müssen, wenn sie aussteigen wollen. Vermutlich muss man froh sein, dass der Zug überhaupt Passagiere befördern kann und sich nicht gleich als leeres Pappmodell durchs Land bewegt. Britisches Brot wird von Bäckern konstruiert, die Brot nur von Abbildungen kennen. Im Supermarkt kann man für ein Pfund eine Rabattmarke kaufen und in ein 30-Marken-Heft kleben, für das man 30 Pfund bekommt, wenn es voll ist – nicht mehr und nicht weniger. Und weil auf dem Kontinent Teile von Pflanzen neben dem Essen liegen, werden Teile von Pflanzen aufgetischt, manche roh, andere totgesotten, und bisweilen sogar mitgegessen. Denn wer brav sein Gemüse aufisst, der wird irgendwann ein Europäer und bekommt eine nicht mehr ganz so weiße Haut.

So sitzen die Bewohner Britanniens in ihren aus Hasendraht und Pappmaschee errichteten Hausattrappen vor ihren elektrisch flackernden Plastik-Kaminattrappen und harren der fremden Götter in ihren Himmelsvögeln. Aber auf mein Cargo können sie lange warten, das bleibt erst mal hier. Denn ich zürne und fordere realistischere Dusch-Altäre!

28.9.2000

TOD IM RÜBENFELD

Kathrin Passig

Als ich am Sonntagabend auf dem Hof ankomme, gibt es als Erstes ein stattliches Mehrkomponentenessen mit Kürbissuppe und ohne Tiefkühlpizza. Beim Öffnen einer Bügelflasche klemme ich mir den Finger. »Ah, du studierst jetzt wieder«, sagt mein Bruder. Dann wird uns eine ausführliche Schulung im Rübenrupfen zuteil, und bevor wir nicht mit achtzigprozentiger Trefferquote unter vier Karten die Umbellifere vom Ball, der Pfeife und dem Entchen unterscheiden können, dürfen wir nicht aufs Feld. Am nächsten Morgen stehen wir auf, als es noch dunkel ist, frühstücken frierend, ziehen viele Schichten Kleidung an und stapfen mit Gummistiefeln und Messern aufs Rübenfeld hinaus. Nein, das ist gelogen, in Wirklichkeit fahren wir mit dem Auto, obwohl es zu Fuß auch nur zehn Minuten sind. Zwischen sehr viel Unkraut stehen im Schlamm ab und zu Rüben. Die Löcher, die sie hinterlassen, füllen sich sofort mit Wasser und dicken, nassen Feldmäusen. Man hat die Wahl zwischen Rückenschmerzen und Beinschmerzen, und wer es ganz abwechslungsreich haben möchte, kann sich mit dem Grünzeugmesser in den Finger schneiden.

Nathalie äußert die feine Lebensweisheit: »Vor zwanzig Jahren war alles besser, außer Fleece. Fleece ist jetzt besser.« Dann bringt sie mir den französischen Ausdruck »den Großvater auf den Dachboden schicken« für das geräuschvolle Rotzhochziehen bei. Kurz vor der Mittagspause gelingt es

Ari, beide Schlepper sowie einen Anhänger bis zu den Achsen im Schlamm zu versenken. Genau in diesem Moment kommt Fiona vorbei, um uns zu sagen, dass es bald Essen gibt, und ein schwungvoller Ehestreit entsteht, der in den nächsten 24 Stunden noch zahlreiche Male recycelt wird, wie es sich für den ökologischen Landbau gehört. Später gelingt es den Nachbarn, den Fuhrpark mit viel Getue dem Acker wieder zu entreißen.

Mein Onkel Franz reist an beiden Tagen extra in seinem großen Auto hundert Kilometer weit zur Erntehilfe an, was in der Bioland-Ökobilanz vermutlich nicht berücksichtigt werden wird. Als er sich über die Arbeit beklagt, versichere ich ihm, dass es sich dabei um eine authentische und wichtige Erfahrung handelt. »Ja, aber nach einer halben Stunde weiß man schon alles«, wendet er ein. Damit hat er nicht ganz recht, denn später führen wir ein Arbeitsmodell ein, das von Nathalie als neotayloristisch bezeichnet wird und die Beteiligten ganz wunderbar entfremdet. Ich reiße die Rüben aus und werfe sie an den Feldrand, wo sie von meiner Schwester entgrätet und sortiert werden. Dabei intonieren wir Sklavengesänge: »Jump down, turn around, pick a bale of carrots« und »Hejo, reiß die Rüben aus, denn der Wind treibt Rüben übers Land«.

Am Ende sind zwar noch ein paar Quadratmeter Rüben übrig, aber im Großen und Ganzen haben wir uns in zwei Tagen durch das eher kleine Feld gearbeitet. Hoch auf dem Rübenwagen fahren wir zurück und blicken verachtungsvoll auf die Stubenhocker und arbeitsscheuen Studenten herab, denen wir begegnen. Der Vollmond geht riesengroß und gelb hinter Strommasten auf. Jetzt ist die Rübenernte zu Ende.

26.10.2000

ICH & KURT SCHEEL

Kathrin Passig

Neulich geriet ich in einen Abend, zu dem unter anderem der nette Herr Scheel geladen war. Herr Scheel hat ein Buch mit dem Titel »Ich & John Wayne« geschrieben, das von seinen Lieblingsfilmen handelt und auch dann unterhaltsam ist, wenn man keinen dieser Filme kennt. Ich kann das aus eigener Nichtanschauung bestätigen. Der Abend verlief sehr angenehm, und es wurden zahlreiche allerletzte Getränke geordert. Nach dem Absingen fröhlicher Lieder aber verlegten sich meine Tischgenossen auf kulturpessimistische Reden dahingehend, dass es ihnen nur deshalb von Minute zu Minute besser gehe, weil alles andere immer schlechter werde. Ich protestierte schwach, weil ich Kulturkritik nicht mal als Zuschauersport schätze, und begab mich damit ins Schussfeld.

Gerade Frauen, sagte Herr Scheel anklagend zu mir, gerade Frauen um die dreißig hätten oft überhaupt keine Ahnung mehr von den Filmklassikern, und ich würde gern behaupten, dass er mich dabei stechend fixierte. Tatsächlich fiel die Empfindung eher juckend aus, und mit dem Fixieren war es angesichts der vorgerückten Stunde auch nicht mehr so weit her. Trotzdem bekam ich ein schlechtes Gewissen, weil für mich Western mit Clint Eastwood anfangen und Schwarzweißfilme gar keine Filme sind.

Als Herr Scheel in meinem Alter war, musste man vermutlich noch kein schlechtes Gewissen wegen ungesehener Filmklassiker haben. Wahrscheinlich reichte es, sich angemessen dafür zu schämen, dass man immer noch nicht »Auf der Suche nach der verlorenen Zeit« gelesen hatte, und den Rest des Tages konnte man unbeschwert im Kino verlenzen. Uns Frauen um die dreißig dagegen nörgelt das Arielgewissen nicht nur wegen des ungelesenen Proust und der verlorenen Studienzeit einen vor, sondern jetzt auch noch wegen spaghettiloser Western mit Hauptdarstellern, die wie Papi aussehen. Woman's work is never done.

In zwanzig Jahren werde ich, das nahm ich mir vor, den jungen Männern keinen Vorwurf daraus machen, dass sie nicht wissen, wo Monkey Island liegt, und keine Ahnung von rivenesischer Kultur haben. Falls es in zwanzig Jahren noch junge Männer an meinem Tisch gibt, denen ich Vorwürfe machen könnte, wenn ich wollte. Ich werde es mit Fassung tragen, wenn sich herausstellt, dass sie alle ihre Seminare in Vergleichender Pokémonwissenschaft geschwänzt haben; ein gewisses Maß an Ahnungslosigkeit kann ja im jungen Menschen durchaus niedlich sein. So sieht man das mit fünfzig, habe ich mir sagen lassen, und ich hoffe jedenfalls, dass meine angehenden Prüfer an der Uni dieser Meinung sind. Ich glaube, es lag ein anerkennender Unterton in der Stimme der Dame vom Prüfungsamt, als sie am Telefon ausrief: »Ach, Frau Passig, Sie wissen aber wirklich wenig!« Womit sie völlig recht hatte – ich weiß zum Beispiel nicht mal, wie John Wayne aussieht, aber das verschwieg ich Herrn Scheel taktvoll. Eines Tages werde ich es in einer Talkshow ausplaudern: »Kathrin, 30, weiß nicht mal, wie John Wayne aussieht«.[1] Hoffentlich sieht der nette Herr Scheel dann gerade nicht fern.

30.11.2000

1 Frau Passig ist mittlerweile 37, hat ihre Magisterprüfung bestanden und »Auf der Suche nach der verlorenen Zeit« gelesen, weiß aber immer noch nicht, wie John Wayne aussieht.

PLATTENTEKTONIK DER PSYCHE

Kathrin Passig

Man wird ja an unterschiedlichen Körperteilen unterschiedlich schnell erwachsen. Damit meine ich nicht nur den Umstand, dass der Kopf bereits Falten bekommt, während die Füße noch Turnschuhe mit Dinosauriermotiven tragen wollen. Anfangs ist die Ontogenese sowieso hauptsächlich damit beschäftigt, mühsam die Phylogenese zu rekapitulieren, weshalb ganz junge Menschen oft noch ein Ökobeutelchen oder einen Fransenrock haben, die erst auf einer höheren Entwicklungsstufe wieder abfallen.

Später wird dann alles noch undurchschaubarer. Das Erwachsenwerden durchdringt die Gesamtperson in der gleichen schlecht geordneten Weise, wie ganz unterschiedliche Erdzeitalter manchmal durchaus nebeneinander stattfinden wollen. »Denn mehr als einmal kommt es ja vor, dass eine Schichtfolge durch tektonische Bewegungen buchstäblich auf den Kopf gestellt ist; dann liegt das Jüngste zuunterst, das Älteste oben drauf«, so liest man im DDR-Buch »Geologie für jedermann«. Oben drauf liegen bei mir nach einer flüchtigen Zwischeneiszeit ums zwölfte Lebensjahr herum schon seit geraumer Zeit wieder Westernhefte, Frühstücksflocken-Sammelbildchen und Brillen, mit denen man andere Menschen nackt sehen kann.

Nur selten schichtet die Plattentektonik der Psyche halbwegs sinnvolle Entwicklungen aufeinander, wie die Fähigkeit, angebotene Drogen auch mal abzulehnen, weil man zum

Beispiel eh schon randvoll mit Bier ist (25 Jahre), am nächsten Tag früh aufstehen muss (30) oder insgesamt eigentlich keine Lust mehr auf Drogen hat (über 30). Die Bereitschaft, ausgiebig und schamlos zu husten, wenn einem jene Drogen in den falschen Hals geraten, ist zwar eins der Leitfossilien dieser Lebensalter, zur gleichen Zeit jedoch mögen sich anderswo steile Gebirgsformationen des Peinlichkeitsempfindens auffalten.

Außerordentlich peinlich wird es etwa, Aufsätze über Hermann Hesse zu schreiben, eine Fähigkeit, die sich jenseits der 20 zu einem unansehnlichen Wurmfortsatz zurückbildet. Das weiß ich, seit ich mich neulich in der Seepferdchen-, nein, in der Magisterprüfung zu Hesses Kritik am Erziehungssystem äußern musste. In der Folge übte das Erziehungssystem scharfe Kritik an mir, in Form einer Note, die mir bisher nur aus dem Sportunterricht bekannt war. Einen ganzen Nachmittag fühlte ich mich als akademischer Versager, aber zum Glück war die Schmach schnell vergessen, da mein Gedächtnis bereits im Rentenalter angekommen ist. So gern würde ich mir F. W. Bernsteins »Terzinen über die Vergesslichkeit« merken können, aber es geht nicht. Nur noch Bruchstücke wie »wie kann es sein, dass diese nahen Tage / Dings sind, für immer fort und schnirgel schnargel« bleiben hängen. Zahnlos (gefühltes Gebiss-Alter: 85) und verwirrt murmle ich sie vor mich hin, während ich mit den unmündigen Neffen hohe Lego-Duplo-Türme zum Einsturz bringe. Dann jauchzen wir und patschen in die Hände. »Transgression und Regression sind vielfach Anfang und Ende einer Formation.«

28.12.2000

HIER KÖNNTE IHRE ÜBERSCHRIFT STEHEN

Kathrin Passig

Mein Lieblingsbuchhändler Amazon droht zum Zweitlieblingsbuchhändler abzurutschen, seit man dort jede E-Mail und jede Büchersendung mit der hysterischen Aussage »crazy for you« versieht. Bis vor kurzem warb amazon mit »Einfach so einkaufen«, und das stimmte sogar, denn einkaufen konnte man dort, und einfacher als anderswo war es auch. Ich glaube nicht, dass es marketingtechnisch dringend erforderlich war, Amazon den rustikalen Charme einer Dorfdisco zu verleihen, aber da die Konkurrenz mit »My Entertainer« und »Mein Buchladen im Internet« auch keine bessere Figur macht, werde ich Amazon wohl vorerst treu bleiben müssen.

Diese entstellenden Kröpfe, die unter dem Markennamen baumeln, heißen Claims. Das weiß ich von Frl. Strübel, die tagsüber in einer Werbeagentur an die Ruderbank gekettet ist. In den Schulbüchern der neunten Klasse, die uns unter Zuhilfenahme von Ingeborg-Bachmann-Gedichten die Fähigkeit zur kritischen Rezeption von Werbung vermitteln sollten, hießen Claims noch Slogans, aber damals konnte man auch zur Werbung noch Reklame sagen und zu Twix Raider. »Pädagogische Zeitverschwendung« und »verlorene Liebesmüh« heißen allerdings heute immer noch genauso.

Ganz früher nannten sich Claims vermutlich noch mal anders und machten sich nützlich, indem sie den Verwendungszweck neumodischer Konsumgüter hilfreich umrissen: »Erdal – für die Schuhpflege«, »Trinkt Berliner Kindl« oder »Esst Bananen – sie sind gut!«. Dieser Stand der Unschuld lässt sich heute nur noch im türkischen Einzelhandel hin und wieder erahnen, wo Shampoo treuherzig versichert, es mache das Haar sauber, und Süßigkeiten einfach »süß« oder »wie Orangen« schmecken wollen. Wer daraus schließen möchte, die türkische Hausmarke »Efes Pilsener« werbe vielleicht mit der Behauptung, dieses Bier schmecke in etwa wie Bier, der liegt nicht ganz falsch: »Efes Pilsener – The Beer« lautet dessen von multikulturell versierten Marketingstrategen solide gezimmerte Werbeaussage. Der deutsche Mittelstand dagegen schätzt den Doppelclaim, bei dessen Lektüre man den Auftraggeber vor sich sehen kann, wie er stur darauf beharrt, dass er schließlich alle Vorschläge bezahlt hat und folgerichtig auch alle auf sein Ladenschild schreiben wird. »Konnopkes Imbiss: Wenns um die Wurst geht – Tradition mit Geschmack« kommt dabei heraus, oder »Kompetenz in Sachen Männermode – Anzüge, die anziehen!«.

Aber weder der Online-Buchhandel noch Konnopkes Imbiss können, was den Hang zum imbezilen Claim angeht, mit der Speditheursbranche mithalten. Wenn man auf der Autobahn alle zweihundert Meter von »Ihr Logistikpartner«, »Wir bewegen was« und »Logistik … logisch!« gepeinigt wird, kann einen schon ein gewisser Überdruss anwandeln. Aber erst Kapitalverbrechen wie »Alles drin, alles dran, alles Zapf« oder »Da lacht die Fracht« bringen einen auf den Gedanken, es sei hienieden alles eitel und der schnelle Biss in die Leitplanke dem plagenreichen Erdendasein womöglich vorzuziehen. Und was Frl. Strübel dann auf meinen Grabstein metzen lassen wird, mag ich mir gar nicht ausmalen. »Hier könnte Ihre Werbung stehen« vermutlich.

25.1.2001

DER UNTERGANG DER DDR

Kathrin Passig

Warum es mit der DDR nichts geworden ist, bleibt für den Laien nicht leicht zu verstehen. Wie kann ein System der Planwirtschaft, auch wenn die Planung noch so unbeholfen ist, schlechter funktionieren als eines, in dem überhaupt nicht geplant wird? Wie kann ein Staat, in dem alle Bürger arbeiten, weniger produktiv sein als einer, in dem die Hälfte zu Hause bleibt? Ratlos stehen vor diesen Fragen nicht nur jene ungewaschenen Massen, die im Wirtschaftsunterricht Schiffeversenken gespielt haben und nie auf die Idee gekommen wären, ihre Tauschmittel in Marx-Engels-Werkausgaben zu investieren. Auch Ethnologen, Wirtschaftswissenschaftler und Politikwissenschaftler haben sich lange Zeit erfolglos mit dem Thema herumgebalgt.

Dabei tragen am Untergang der DDR letztlich fünf übersichtliche Faktoren die Schuld. Da wäre erstens eine verhängnisvolle Vorliebe für Rauputz. Wer schon mal eine Rauputzwand gestrichen hat, weiß, dass man dafür gut und gern dreimal so viel Farbe braucht wie für eine glatte. Das Fassadenfarbkontingent wird so auf wenigen Wänden verschleudert, während anderswo ganze Stadtteile brachliegen. Ausländische Touristen verlachen den schmuddeligen Sozialismus, anstatt sich bekehren zu lassen.

Zweitens: Der Mangel an Telefonanschlüssen und die daraus resultierenden dünnen Telefonbücher. Telefonbücher sind ein vielseitiges Werkzeug in den Händen jedes kompetenten

Geheimdienstes. Aber wie will man mit den mageren Verzeichnissen der Anschlüsse von Abscheula bis Zeitzsch Geständnisse aus Staatsfeinden, Spionen und Hochverrätern herausprügeln? Da lachen die doch nur. Schutzlos ist das junge Staatswesen unsozialistischen Umtrieben ausgesetzt.

Drittens: Das Fehlen von dreifach konzentriertem Tomatenmark. Die Evolution wird an der Hervorbringung der Pizza gehindert. Das Surrogat »Krusta« kann das Aufkommen einer international konkurrenzfähigen Hackerkultur und die Entwicklung sozialistischer Programmiersprachen nicht hinreichend befördern. Die DDR gerät soft- und hardwaremäßig ins Hintertreffen; Abkacken am Weltmarkt ist die Folge.

Viertens: Sport. Die unnatürliche Überbewertung des Sports im gesamten Staatsbetrieb der DDR führt dazu, dass es nur diejenigen in höhere, mithin staatstragende Positionen schaffen, die nicht wie geistig normale junge Menschen im Sportunterricht versagt haben. Dieses verfehlte Auslesekriterium hievt rückgratlose Zirkeltrainingsasse und sadistische Völkerballbefürworter in Entscheidungspositionen. Das kann nicht lange gutgehen.

Fünftens: das Sandmännchen. Dazu muss ich gar nichts weiter ausführen. Sandmann, lieber Sandmann, schröck schröh schröhöhöhöh ... das Publikum wäre unweigerlich zu Fixern, Dealern und Waffenschiebern herangewachsen, wenn nicht die Planwirtschaft das Schlimmste verhindert hätte.

Dass die DDR sich unter diesen Bedingungen überhaupt 40 Jahre halten konnte, ist ein Wunder. Wieso andererseits auch der Kapitalismus zum Scheitern verurteilt ist, wenn die Umlaute, der IKEA-Inbusschlüssel und einige Tageszeiten nicht bald abgeschafft werden, erkläre ich ein andermal.

26.4.2001

IHR PERSÖNLICHES ASPHALTMISCHWERK

Kathrin Passig

Ich bin mit dem Internet noch nicht ganz zufrieden. Ich finde, man orientiert sich dort zu sehr an zweifelhaften Zielgruppen und zu wenig an mir. Aus diesem Grund bin ich bei sämtlichen Online-Marktforschungsanstalten angemeldet und gebe dort auf Wunsch mehrmals täglich meine persönlichsten Daten zu Protokoll. Meine Noten im Rechnen und Singen? Bevorzugte Schuppenshampoomarke? Höhe der zuletzt hinterzogenen Steuern? Vor jedem dahergelaufenen Datensammler entblöße ich mich bis auf die Gräten, aber es hilft nichts. Seit Jahren bekomme ich um die zwanzig[1] Werbemails täglich, und bis heute war nicht eine einzige darunter, die auch nur im Entferntesten ein mich interessierendes Produkt behandelt hätte.

Das ist umso ungerechter, als ich Werbung für eine prima Idee und großartige Errungenschaft des Kapitalismus halte. Im Kino verfolge ich die Werbespots mit offenem Mund, ich besitze ganze Videokassetten[2] voller Werbepausen ohne Film dazwischen, und Einladungen zu Kaffeefahrten bewahre ich in einem speziellen Schrein auf. Ein dankbareres Werbepublikum als mich kann es fast gar nicht geben. Warum also quält man mich so? Warum muss ich mich täglich daran erinnern lassen, dass ich kein Auto habe, das ich versichern, keinen Grundbesitz in Kalifornien, auf den ich Hypotheken aufnehmen, keinen Penis, den ich verlängern lassen könnte?

Vielleicht steckt dahinter ja eine erzieherische Absicht. Als ich an dem Pilotprojekt zum werbefinanzierten Telefonieren teilgenommen habe, hat man schließlich auch meine

Leidenschaften bis ins Kleinste erfragt, um mich dann monatelang mit Werbung für Baufachmessen und Fitnessstudios zu traktieren. »Treib mehr Sport«, wollte man mir damit vermutlich sagen, »sei flexibel, gib dein Geld auch mal für was anderes aus, leiste dir eine Betoninstandsetzung.«

Der fortgeschrittene Terror beginnt dann, wenn man vom Telefon aus dem Tiefschlaf gerissen wird, und es ist jemand dran, der Investmentfonds verkaufen will. Ist das der Dank für die Offenlegung meines Privatlebens? Sollen alle, deren Einkommen den teuer eingekauften Werbedaten zufolge »500 Euro oder weniger« beträgt, mit solchen Anrufen am frühen Morgen dazu angestachelt werden, aus dem Bett zu springen und endlich mehr Geld zu verdienen? Dieses ungefragte Anrufen ehrbarer Bürger zu Werbezwecken heißt »Outbound«, wird von Callcenter-Schergen ausgeübt und weckt im Opfer ein Verlangen nach staatlicher Regulation in Form empfindlicher Leibstrafen. Aufmerksam mitlesende Datensammler: Nehmt hiermit zur Kenntnis, dass ich niemals, solange ich lebe, Geschäfte mit einer Firma machen werde, die mich vor zwölf Uhr anruft. Alle anderen dürfen mich gern über ihre Produkte informieren: Meine E-Mail-Adresse lautet kathrin@kulturindustrie.com, und ich interessiere mich ausschließlich für Versicherungen, Pauschalreisen, Börsentipps, Bausparen und neuartige Fettabsaugetechniken. Bitte versuchen Sie meinen Horizont zu erweitern. Vielen Dank.

31.5.2001

1 Zwanzig Spammails täglich! Es waren glückliche Zeiten damals.

2 Jedoch nicht das zum Abspielen dieser historischen Medien nötige Gerät, vgl. S. 51, »Literaturwissenschaft für Einbrecher«.

AMERIKA: WURST UND BASEBALL

Ira Strübel

Wurst war mir schon immer suspekt. Meine Mutter, die viele Jahre und Fingerkuppen an der Fleischwarentheke eines Supermarktes verlor, klärte mich schon in jungen Jahren auf, wie es um die Qualität von Wurst bestellt ist. Schnäbel. Klauen. Hufe. Nein, Wurst ist wirklich nichts für mich und nicht vertrauenswürdig.

Auch Sport war nie meins. Nicht, dass ich es nicht versucht hätte. Ich wusste auch, wie es aussehen sollte. Aber mein Körper versagte stets die Umsetzung der Bewegungsabläufe.

Man kann sich also vorstellen, wie begeistert ich war, als ich kürzlich, während einer Geschäftsreise in die Eingeweide der USA, zu einem Baseballspiel eingeladen wurde. Baseball! Langweiligste aller Sportarten, gäbe es nicht Golf! Hurra! Ich konnte es kaum erwarten.

Der Abend kam, und durch die Barbecue-Schwaden des Parkplatzes näherten wir uns dem Miller Park Stadium von Milwaukee. Dessen Dachkonstruktion ist höchst imposant, denn bei der Montage mussten Menschen sterben. Trotzdem herrschte Partystimmung. Kein Wunder, denn während Fußball oft zu Unrecht als schönste Nebensache der Welt geschmäht wird, trifft diese Aussage bei Baseball wirklich zu: es gibt Bier, man hat viel Zeit, sich zu unterhalten, und wenn man auf Klo muss, ist das auch nicht tragisch. Nicht wie beim Fußball, wo immer dann ein Tor fällt, wenn man gerade pinkeln ist.

Weil Baseball aber von solch nebensächlicher Wesenheit ist, werden allerlei Extras geboten. Etwa kollektives Hymnenkaraoke: Eine Sängerin intoniert »The Star-Spangled Banner«. Auf der Anzeigetafel wird der Text eingeblendet. Man steht auf, hält die Hand auf die Leber – 80 Prozent aller Amerikaner wissen anscheinend nicht, wo das Herz sitzt – und singt mit. Ich indes sang nicht, weil das Silbenbällchen fehlte, das beim Karaoke sonst den Weg weist. Merkte aber keiner. Dann ging es los.

Vom Spiel bekam ich nicht viel mit, weil ich mir ständig die Regeln noch mal erklären lassen musste. Immer wenn ich hinschaute, war aber selbst mir klar, dass die Mannschaft, für die wir waren, konsequent abkackte.

Irgendwann jedoch kam der Höhepunkt des Abends, und der riss mich mit wie ein Klettverschluss eine Feinstrumpfhose: das Sausage Race! Ein Rennen. Vier Menschen. In Wurstkostümen. Es ging um die Ehre. Es ging um die Wurst! Am Start: eine Debrecziner, ein italienisches Würstl, noch eines, wohl staatenlos – und: The German Bratwurst! Der Startschuss fiel. Auf der Geraden ging die Bratwurst in Führung. Wir jubelten. Heimatwurst, du stolze Wurst! Für einen Moment schien die Bratwurst uneinholbar, der Sieg unser. Dann jedoch kam das Italian Sausage von hinten und – empörend! – setzte Ellenbogen ein. Die Bratwurst taumelte, fiel zurück. Die Camorra-Cabanossi gewann! Ein schmutziger Sieg!

Wir waren am Boden zerstört. Gott sei Dank gab es noch Getränke und Essen. So trösteten wir uns mit Bier und aßen die nutzlose Bratwurst. Und fühlten uns am Ende doch wie zu Hause.

6.6.2001

AMERIKA: FLUGHÄFEN UND LOCKENWICKLER

Ira Strübel

Es liegt wohl in der Natur von Reisen während Konjunkturkrisen, dass man bei Ortswechseln stets zu Zeiten in Flughäfen verkehrt, da diese ihre Morgentoilette noch nicht erledigt haben. Manche Flughäfen tragen dann ungeniert Lockenwickler und Gurkenmasken. Manche öffnen die Tür nackt, hässlich und ohne Make-up. Einige Airports sind auch dann bezaubernd und voller Verve. Und andere erwischt man bei der Ausübung ihres Alkoholproblems.

Der Flughafen von Detroit zum Beispiel: Er dient vor allem als Umsteigestation für Flüge der Northwest Airlines. Das ist ja an sich noch nichts Schlechtes. Aber man merkt dem Flughafen an, dass er darob erbittert ist, und ich glaube, er trinkt: Zermürbte Sitzbänke liegen ungetröstet auf dem trist verschmutzten Teppich, und Passanten gehen achtlos vorüber. Kunstlederstühle werfen ihre geplatzten Lippen zu stummen Klageliedern auf. Gebrochenes Bodenpersonal fertigt die Kundschaft ab, als ginge es, ja, man muss es so sagen, nur um Abfertigung.

Erdrückende Stimmung macht die Gates zu verglasten Pforten der Hölle. Und sieht man die jungen Autodesigner, die überall herumsitzen und nervös vor sich hinkritzeln, wird klar, warum so mancher Kleinwagen einer rollenden Clownsnase gleicht: Detroit erweckt eine Sehnsucht nach Aufmunterung, derer man sich nicht erwehren kann. Verstehen Sie mich nicht falsch: Architektur sollte man keinem Flughafen vorwerfen. Oft stammen die Flughäfen aus einer Zeit, in der man dachte, Plattenbauten seien schön oder Asbest nicht schädlich. Worum es geht, ist: Wie aufrecht altert die Anlage, wie würdevoll verhält sie sich im Angesicht des Fluggasts?

Der Flughafen von Los Angeles etwa, in Fachkreisen auch als LAX bezeichnet, tut sein Bestes, dem Kürzel nicht gerecht zu werden: Mangelnde Modernität wird bei der Ankunft durch mehrfache spiegelbebrillte Kontrollen sowie bellende Immigration Officers ausgeglichen. Beim Abflug wird man gezwungen, das eigene Gepäck demütig in eine altmodische Röntgenmaschine am anderen Ende des Terminals zu schleppen. Wenn man zu zweit ist, wird eine Person derweil am Eincheck-Schalter festgehalten. Kurzum: Was dem Gebäude an Imposanz fehlt, macht die Belegschaft durch herrisches Verhalten wett. So fühlt man sich in diesem Airport zwar nicht wohl, aber doch sicher, sofern man nicht Carlos heißt.

Am angenehmsten allerdings ist noch immer der Flughafen von Chicago. Nicht nur wird man hier durch ständigen Abfluggatewechsel und sich verlängernde Verspätungen stets aufs Neue gut unterhalten. Nein, der Flughafen bietet darüber hinaus ein Sauriergerippe sowie eine psychedelische Unterführung, die sich gewaschen hat, inklusive Plingplongmusik. Auf Förderbändern fährt man dort durch einen farbig wogenden Lichtkanal.

Man vergisst sich selbst, man lauscht, man staunt, man freut sich. Dort, in der Unterführung von O'Hare, war ich einen Moment lang glücklich. Und wenn das nur an den unterschwelligen Antivandalismus-Botschaften in der Beschallung gelegen hat, ist es mir auch egal.

12.6.2001

ARCHIPEL RIVEN

Kathrin Passig

Zwei Seelen wohnen, ach, in meiner Brust, und sie heißen Statler und Waldorf. Der eine kann England nicht leiden, und der andere ist frankophob. Deshalb bin ich in die Bretagne gefahren, die aussieht wie England, nur besser, und sich anhört wie Frankreich, nur schlimmer. Zu loben ist an der Bretagne, dass sie an manchen Stellen »Riven« ähnelt. »Riven« ist das Nachfolgespiel zu »Myst« und hat mich seinerzeit einige Wochen beschäftigt. Die dort verbrachte Zeit ist mir in lebhafterer und angenehmerer Erinnerung als viele reale Ferien; das Woanderssein wird ja weithin überschätzt. Mein Freund Jochen, der seine Urlaubsziele nach ihrer Ähnlichkeit mit »Monkey Island« auszuwählen pflegt, sieht das vermutlich genauso. Verteidiger der Realität werden einwenden, dass einem solchen Urlaub allerhand fehlt, und das stimmt auch. Es fehlt der blasenwerfende Sonnenbrand, den sich nachtaktive Lebewesen unweigerlich am ersten Tag zuziehen. Es fehlt der stete Kampf ums Überleben: Wo schlafen? Was essen? Wie beides bezahlen? Und es fehlen die Eltern, die diese Nöte lindern, aber ab acht Uhr morgens in hemulenhafter Geschäftigkeit durchs Wohnmobil poltern und einen durch das Tragen von verspiegelten Sonnenbrillen und Radfahrerhandschuhen unter dem Sonnenbrand vor Scham erröten lassen.

Ansonsten hat ein am Schreibtisch verbrachter Urlaub alles, was man braucht, kostet fast nichts und trägt nicht nur die Handschrift kompetenter Grafiker, sondern ist vor allem lokalisiert: Anstatt töricht »ce … truc là« und »parlez-vous Anglais?« zu stammeln, kann man aus vier der Situation perfekt angemessenen Sätzen in wohl geformtem Einheimisch auswählen und bekommt für höchstens drei davon eins aufs virtuelle Maul. Nach dem geringen Markterfolg, der dem Versuch unserer Vorfahren beschieden war, die reale Bretagne, die Normandie und noch so einiges mit deutscher Untertitelung herauszugeben, scheint mir das immerhin einer Überlegung wert.

Fremde Gegenden, so maulen die Frischluftfreunde weiter, sollten nicht bloß grafisch ausgefeilt sein, sondern bitte auch nach Urlaub riechen und schmecken. Diese Konditionierungen aber können ebenso gut zu Hause vorgenommen werden, und weder Meerbrise noch Pinienduft sind dabei erforderlich. So beschwört der Phenolgeruch eines Desinfektionsmittels für Fußgängerunterführungen für mich stets wohlige Erinnerungen an einen Schottlandaufenthalt herauf, und mein privates Jugoslawien riecht nach einem vulgären Gesträuch namens »Maggikraut«. Ebenso sind meine Erinnerungen an »Riven« untrennbar mit dem Niveageruch meines reinlichen Mitspielers Georg verbunden, und beim Verzehr von Erdnussbutterbroten mit dünnem schwarzen Tee steigen die vogelgroßen Insekten, die stillen, rostenden Maschinen, die ausgestorbenen Hütten und alle Klippen, Höhlen und Buchten, die Inseln des Archipels Riven deutlich und greifbar aus meiner Tasse auf. Ende des Jahres soll Teil 3 erscheinen. Meine Urlaubsplanung steht.

28.6.2001

PHASENPRÜFUNG

Kathrin Passig

Früher war alles einfacher und hatte pro Ursache nicht mehr als eine Wirkung. Aber seit selbst die Waschmittelhersteller der cartesianischen Forderung folgen, getrennt zu setzen, was getrennt gedacht werden kann, gibt es auch einfachste Konsumgüter in farbkodierter Zwei-Phasen-Ausführung.[1] Dabei musste man dem Verbraucher im unaufgeklärten Kukident-Mittelalter noch unter Zuhilfenahme von weiß bekittelten Fachleuten erläutern, wie diese zwei Phasen nacheinander ganz unterschiedliche Dinge bewerkstelligen können. Heute werden solche Kenntnisse in der Grundschule vermittelt und auf der Packung gar nicht mehr erwähnt. Was zwei Farben hat, das hat auch zwei Phasen, und zwei Phasen sind allemal besser als nur eine.

Das hat z.B. die Firma Henkel begriffen, deren »Persil Tabs« aus einer normalen weißen Komponente und einer »zusätzlichen blauen Kraftreserve mit speziellen Wirkstoffen« bestehen. »Beide Phasen werden in einem aufwendigen Fertigungsverfahren hergestellt und zu einem Tab geformt. So werden die unterschiedlichen Inhaltsstoffe erst dann aktiv, wenn es darauf ankommt: beim Waschen«, anstatt schon in der Packung miteinander zu mauscheln und das weitere Vorgehen abzusprechen: Wenn die erste Phase die Wäsche sauber geschrubbt hat und die Aufmerksamkeit der Waschmaschine nachlässt, gehen die militanten Wirkstoffe der Kraftreserve ans Werk, färben alles Weiße rosa und zersetzen einen zufällig ausgewählten Socken.

Das würde zwar manches erklären, aber eigentlich erkennt auch der misstrauischste Verbraucher, dass sich hinter zwei Farben und zwei Phasen genau eine einzige Geschmacksrichtung verbirgt. Zu beobachten ist das außer bei Waschmitteltabs bei gestreifter Zahnpasta, Marmorkuchen, Koalitionen und rosa-weißen Schaumwaffeln. Zwei Farben suggerieren dramatische Unterschiedlichkeit der Komponenten, aber die Wirkung ist letztlich Jackenphase wie Hosenphase.[2]

Ich befrage meinen Nachbarn, den Künstler, nach den Hintergründen dieser Farbkodierung, aber er dementiert rundheraus, dass es Zweifarbigkeit überhaupt gibt. Großformatige schwarze Bilder kleiden seine schwarze Wohnung von der schwarzen Decke bis zum schwarzen Boden aus. Vermutlich hat er gerade seine schwarze Phase oder vielmehr zwei davon. Schließlich sind die Zeiten der öde-versöhnlichen Emulsionen und der 2-in-1-Shampoos vorbei. Die Gegenwart gehört dem Baukastenprinzip, bei den Betriebssystemen wie beim Waschpulver. Sogar für die Beziehung halten sich viele lieber einen herkömmlichen Wirkstoff und eine externe Kraftreserve, anstatt von einem einzelnen Mittel alles zu erwarten. Und das ist auch gut so, schließlich ist das Ganze das Unwahre und meist viel weniger als die Summe seiner Teile, wie sich bei zwei Halben Bier ganz leicht ausrechnen lässt.

Die zwei Phasen dieses Textes wurden in einem aufwendigen Fertigungsverfahren hergestellt und zu einer Kolumne geformt. So werden die unterschiedlichen Inhalte erst dann aktiv, wenn es darauf ankommt: beim Lesen.

26.7.2001

1 So war das damals, zu Beginn des 21. Jahrhunderts. Mittlerweile sind wir bei Somat 7 angekommen (Reiniger, Klarspüler, Salzfunktion, Edelstahlglanz, Glasschutz, Reinigungsverstärker und Niedrigtemperatur-Aktivator).
2 In der Folge erhielten wir von der Presseabteilung des Henkel-Konzerns mehrere aufklärende Mails sowie ein umfangreiches Carepaket aus 2-Phasen-Produkten. Alle dadurch inspirierten Versuche, uns durch strategische Erwähnung teurerer Produkte in dieser Kolumne zu bereichern, scheiterten jedoch.

LITERATURWISSENSCHAFT FÜR EINBRECHER

Kathrin Passig

Neulich vergaß ich, das Fenster zu schließen und sah es bei meiner Rückkehr sperrangelweit offenstehen. Erst dachte ich: »Der Nachbar«, dann: »Womöglich Einbrecher«, und dann: »Haha, Einbrecher! Bei mir!« Und tatsächlich war dort, wo der defekte Videorekorder gestanden hatte, nur noch ein Fleck im Staub. Auch der defekte CD-Player, das defekte Notebook und das defekte Modem waren verschwunden. Alles Verkäufliche hatten die Einbrecher dagegen zurückgelassen. Selbst meine getragene Wäsche wäre mehr wert gewesen als dieses Elektronikschrottsortiment, für dessen Entsorgung der Hehler vermutlich Geld sehen wollte.

Abgesehen von dem nützlichen und noch fast neuen Karton, in dem die Sore abtransportiert wurde, ist mir kein Schaden entstanden, aber wenn der eine oder andere unter Ihnen seinen Lebensunterhalt mit Einbruchdiebstahl verdient, dann möchte ich Ihnen ein paar Worte zur beruflichen Fortbildung mit auf den Weg geben: Richten Sie Ihr Augenmerk auf die Bücherregale. Mit ein paar grundlegenden Kenntnissen und einem aufmerksamen Auge werden Sie schon bald nicht mehr auf den Markt für gebrauchte Unterhaltungselektronik mit seinem rapiden Preisverfall angewiesen sein. »Aber Bücher sind doch schwer davonzuschleppen und bringen nur wenig Geld ein«, werden Sie einwenden. Lassen Sie mich mit diesem verbreiteten Irrtum aufräumen.

Ein Fernseher wiegt etwa 40 Kilo und bringt beim Hehler

um die 100 Euro ein. Ein einziges »Compact Oxford English Dictionary« (die Dünndruckausgabe aller 20 Bände in einem einzigen Band, Lupe sollte beiliegen) lässt sich dagegen mit seinen fünfeinhalb Kilogramm in einer Hand abtransportieren und wird gebraucht ab 200 Euro gehandelt. Nur unwesentlich mehr wiegt eine vollständige Haffmans-»Raben«-Sammlung in 63 Bänden, deren es in Deutschland einige tausend gibt und für die ähnliche Preise geboten werden.

»Aber wie soll ich denn ein teures Buch auf die Schnelle von einem billigen unterscheiden?«, fragen Sie jetzt. Langfristig ist es natürlich von Vorteil, wenn Sie sich eingehend über die Nachfrage nach raren und vergriffenen Büchern informieren. Gespräche mit Ihrem neuen Ansprechpartner, dem Antiquar, können Ihnen dabei helfen. Auch sollten Sie nicht versäumen, die Liste der gesuchten Titel bei zvab.com zu verfolgen. Fürs Erste genügt es aber, wenn Sie ein paar simple Regeln beherzigen: Gebundene Bücher sind besser verkäuflich als Taschenbücher, gut erhaltene besser als ramponierte, Erstausgaben besser als Folgeauflagen, Fadenheftung besser als Klebebindung. Mit Büchern im Schuber können Sie gar nichts falsch machen.

Sollte Ihnen bei der Arbeit Lawrence Blocks Krimiserie um den Antiquar und Einbrecher Bernie Rhodenbarr in die Hände fallen, zögern Sie nicht, sie einzupacken. Der Wiederverkaufswert ist zwar gering, aber dafür erfahren Sie viel Wissenswertes darüber, wie beide Professionen einander gegenseitig befruchten können. Und schließen Sie das Fenster, wenn Sie gehen. Vielen Dank.

25.10.2001

KLEINE FLECHTEN

Kathrin Passig

Der 400 Seiten starke Katalog des Manufactum-Versandhandels bietet immer wieder unterhaltsame Lektüre: Leser, die sich keine Kaffeemühlen aus mundgeblasenem ligurischem Bakelit leisten mögen, können sich immer noch an Vokabeln wie »blaugepließtet« und »feingereidet« erfreuen. Bedrückend ist einzig die Langlebigkeit aller Artikel. Will man tatsächlich einen Gartenschlauch haben, der länger lebt als man selbst? Selbstgefällig ringelt er sich im Hof und höhnt: Dein Leben währet siebzig Jahre, und wenns hoch kommt, so sinds achtzig gewesen! »Es sind starke, solide, endlos haltbare Geräte«, bekräftigt ungefragt der Katalog.

Haltbarkeit, möchte man der Firma mitteilen, ist kein Vorzug. Sie ist die unangenehmste Eigenschaft der Dinge, denn sie haben sie uns voraus. Was aus den 129 Teilnehmern der Franklin-Expedition von 1845 wurde, ist weitgehend ungeklärt. Über den Verbleib ihrer Hemdknöpfe, Gürtelschnallen und Pfeifenstiele aber braucht man nicht zu spekulieren: sie liegen heute noch in der Arktis herum. Und die Uhr in Form eines Messingdelfins, die Christopher Isherwood 1930 überlegen ließ: »Was wird aus solchen Sachen? Wie könnten sie jemals vernichtet werden? Wahrscheinlich werden sie Tausende von Jahren heil bleiben ...« wird ihm bei einem Berlinbesuch 1952 von seiner ehemaligen Zimmerwirtin als Geschenk überreicht. »Die Uhr war von einer Bombendetonation quer durchs Zimmer geschleudert worden, hatte aber nur ein paar

Kratzer an ihrem grünen Marmorsockel abbekommen. Noch heute steht sie, so gut wie neu, auf meinem Schreibtisch und tickt vor sich hin, während ich diese Worte schreibe.«

Andere Dinge haben ein Einsehen, wie die Uhr Friedrichs II., die anlässlich seines Ablebens in der Nacht zum 17. August 1786 um 20 Minuten nach zwei stehen blieb. Das erscheint mir vernünftig: lebenslänglich und keine Minute länger.

Fast noch schlimmer sind Ideen – sie halten ewig, auch wenn sie mit schlechtestem Werkzeug gebaut werden und fälscher sind als die euklidische Geometrie. Aber Ideen stehen nicht nachts vorwurfsvoll um mein Bett herum und sagen: »Du bist für uns verantwortlich, schlepp uns von Umzug zu Umzug mit, damit wir dich am Ende überleben können.« Ein Gedanke, der mich inneneinrichtungstechnisch paralysiert.

Frl. Strübel findet, ich müsse nur lernen, delfinförmige Gegenstände als Objektivationen einer Idee zu erkennen. Aber auf diesen Gedanken kam auch Platon wahrscheinlich nur, weil ihn der Manufactum-Katalog frustrierte. Stattdessen schöpfe ich Trost aus dem Gedanken, mich dereinst unter einem Grabhügel aus meiner gesamten Habe bestatten zu lassen. Man kann zwar angeblich nichts mitnehmen, aber man kann es zumindest versuchen; mit dem Fluggepäck klappts ja schließlich auch hin und wieder.

Wiedergeboren würde ich dann gern als Flechte. Um mich herum entstehen und vergehen Zivilisationen, während ich mich zufrieden an den Stein kralle. Nur mit der lebenslänglichen Garantie auf Kaffeemühlen ist es jetzt wohl Essig.

29.11.2001

IM DIENSTE DER GESCHLECHTERFORSCHUNG

Kathrin Passig

»Männer wollen nur das eine und Frauen reden sowieso zuviel«, »Männer wollen nur das eine, Frauen auch«, »Männer sind anders, Frauen auch«, »Männer sind vom Mars, Frauen von der Venus«. Schwule Mädchen lesen so was und glauben es. Richtige Frauen testen selber. Denn dank der pharmazeutischen Industrie kann ja mittlerweile jedes dahergelaufene Geschlecht ein wenig Betriebsspionage in den Hormonwerken betreiben. Wer Bekannte mit arbeitsscheuen Keimdrüsen hat und einigen Testosteronpflastern ein neues Zuhause bieten möchte, dessen touristisches Interesse kann jedenfalls leicht befriedigt werden. Metallisch und professionell auf der Business-Seite sehen die Pflaster aus, hautfarben und dezent auf der anderen. Nur die Dosierung ist leider achtmal so hoch wie in der einzigen Studie, die das Internet zum Thema »Wohltätige Testosteronwirkung auf Frauen« hergibt. Da die Pflaster innerlich mit Glibberkram angefüllt sind, scheidet Zerschneiden in acht Teile aus. Ich beschließe, sie stattdessen nur ein Achtel der vorgesehenen Zeit zu tragen, teile 24 durch 8 und komme auf zehn Stunden. Bereits kurze Zeit nach dem Aufkleben des ersten Pflasters durchdringen männliche Hormone mein Rechenzentrum und teilen mir mit, dass 24 durch 8 gar nicht 10, sondern 3 ergibt. So ist das also!

Gleich am nächsten Morgen erfüllt mich männlicher Tatendrang. Ich repariere erst mal mein Fahrrad, während ich auf das Sprießen der in Aussicht gestellten Rückenbehaarung und der »vermehrten u. schmerzhaften, längerdauernden Erektionen« (Beipackzettel) warte. Die Studie sowie Bekannte mit Hormontherapieerfahrung versprechen, dass mich in naher Zukunft der Wunsch ergreifen wird, alles zu vögeln, was nicht bei anderthalb auf den Bäumen ist und sich nicht zu sehr vor meiner Rückenbehaarung graust. Stattdessen steigt vorerst aber nur meine Körpertemperatur um gefühlte fünfzehn Grad. Deshalb also frieren die Jungs nie – und nicht etwa, weil sie sich nur nicht so anstellen oder weil hässliche Cartoonfigurensocken die Füße doch wärmer halten. Ich ziehe die langen Unterhosen auf männliche Weise über den Kopf aus und werfe sie von mir.

Abends beim Weggehen erscheinen mir die Männer allerdings nicht begehrenswerter als sonst, und auch angesichts verdreckter Club-Klos möchte ich nicht im Stehen pinkeln. Beim Händchenhalten äußert sich die erhöhte Körpertemperatur hinderlich und peinlich in schweißnassen Pfoten. Aber das ist vermutlich eine wichtige Sozialisationserfahrung im Leben von uns Jungs. Da muss man durch, wenn man die höheren Mysterien des Plattenauflegens, der objektorientierten Programmierung und des Geduld-mit-Frauen-Habens ergründen will. Der Rest des Abends verläuft dann leider weniger spektakulär als erhofft. Anderen Leuten Bartabschürfungen zufügen und dabei röhren wie ein Hirsch? Fehlanzeige. Und mich hinterher umdrehen und einschlafen will ich auch ohne Hormone.

Testosteron, glaube ich, wird weithin überschätzt. Aber in der kalten Jahreszeit ist es jedenfalls eine praktische kleine Standheizung.

31.1.2002

KÖRPERSPENDEWELTEN

Kathrin Passig

Die Körperwelten-Ausstellung selbst ist unterhaltsam genug, vor allem das nur aus feinsten roten Adern bestehende Häschen. Sehenswert ist aber vor allem das Buch, in dem zukünftige Körperspender darlegen, warum auch sie eines Tages diese Ausstellung bereichern möchten. »Ich bin medizinischer Laie«, schreibt ein medizinischer Laie, »aber mir scheint es logisch, dass ein Bedarf an HIV-AIDS-Leiden besteht.« Ob man das so sagen kann? »Meine Frau ist an Krebs gestorben«, klagt ein anderer, »und mußte ›Entsetzliches‹ mitmachen ...« Eine »Ehe« womöglich?

Neben Possierlichem finden sich hier in erster Linie Äußerungen, aus denen hervorgeht, dass das offizielle Ziel der Ausstellung, »Vermittlung von Gesundheitsbewusstsein und Körperverständnis« nicht unbedingt auch das Ziel der potentiellen Körperspender ist. Niedere Triebe regieren. Auf Platz 1 der Beweggründe steht der Volkszorn angesichts empörender Preise im Bestattungsinstitut: »Halsabschneiderei!« Durch Spenden des Körpers kann man posthum ein paar Euro sparen und gleichzeitig die professionelle Wartung der Überreste sicherstellen, denn »Meine Tochter kümmert sich nicht um die Grabpflege oder selten.« Moment mal: »Meine Tochter kümmert sich nicht um die Grabpflege«? Wenn man bereits tot und begraben ist, sollte man kein Körperspender mehr werden dürfen. Das ist eklig.

Überhaupt ist da ja noch diese unappetitliche Geschichte

mit den Würmern: »Ich bin nicht in der Kirche und wollte mich anonym einbutteln lassen, aber dass Würmer an meinem Körper nagen, finde ich nicht gut und fände es toll, nach dem Tod irgenwo zu hängen, zu stehen oder scheibchenweise zu liegen.«

Gleich nach Geiz, Ordnungsliebe und Wurmabneigung kommt der Geltungsdrang: »... ist mein Hauptbeweggrund zur Körperspende mein ausgeprägter Drang im Licht der Öffentlichkeit zu stehen.« Besonders Tätowierten scheint die Vorstellung unerträglich, die teuer bezahlten Bildchen einfach so vermodern zu lassen. Hinweise auf konservierungswürdige Tattoos – »wenn möglich mit Namensnennung« – füllen die Wunschliste. »Außerdem möchte ich«, fordert meine Begleiterin nach der Lektüre konsequent, »dass nach dem Tod meine Dauerwelle erhalten wird!«

»Lieber Herr von Hagens«, notiere ich dem Veranstalter zum Abschluss unserer Studien mit zittriger Hand ins Gästebuch, »nach meinem Ableben möchte ich bitte als Kaninchen plastiniert werden. Haben Sie bereits im Voraus recht herzlichen Dank.«

28.2.2002

EINMAL MARIENDORF UND ZURÜCK

Kathrin Passig

Wenn man jung ist und nicht weiß, wo's langgeht, muss man Bücher lesen, in denen es drinsteht. Dann kann man sich in Stilfragen an leicht verständlichen Vorbildern wie Hemingway, dem Räuber Hotzenplotz oder Charles Bukowski orientieren. Bukowski ist am einfachsten. Man trinkt billiges Bier. Man sagt »Jessas«, so hat es Bukowskis deutscher Übersetzer verordnet. »Jessas« sagen wir Exilbayern gern und glaubwürdig, auch »Jessasmariandjosef«, wenn es sein muss. Und man geht zum Pferderennen.

Zu diesem Zweck erkundige ich mich bei einem jungen Mann, wo man denn hier zum Pferderennen gehen kann. »Trab oder Galopp?«, fragt der junge Mann. »Was ist denn da der Unterschied?«, frage ich. »Ach, mach dir einen schönen Tag im Aquarium«, rät mir der junge Mann nicht unfreundlich. Ich kann das nur jedem empfehlen, die Seepferdchen im Aquarium sind reizend und handlich, und man hat ihnen eine Art Baum in ihr Becken getan, an dessen Zweigen sie sich mit ihren Ringelschwänzchen festhalten. Kein Vergleich mit richtigen Pferden.

Schließlich schaffe ich es aber doch noch zum Pferderennen, und zwar zum Traber-Derby nach Mariendorf. Alle Kollegen meines Vaters, die den Rest des Jahres nach Straubing und vielleicht noch nach Daglfing zum Pferderennen fahren, kommen extra zum Traber-Derby nach Berlin. Hin fahren sie mit dem Artmeier-Bus, und zurück fliegen sie. Wenn sie was gewinnen. Sonst fahren sie mit dem Artmeier-Bus zurück. Sie schicken mich als Erstes einen Traber-Kurier kaufen, denn ohne Rennzeitung kennt man sich nicht aus. Dann erklären sie mir die Abkürzungen und den Totalisator und lassen mich vor jedem Rennen ihre Wettscheine wegbringen. Das bringt erstens Glück, und zweitens brauchen sie dann nicht aufzustehen. So kann ich die Coolness echter Profis erlernen. Mit unbeweglichen, biergeröteten Gesichtern verfolgt man das Rennen aus zusammengekniffenen Augen. Bukowski hat es sicher nicht besser gekonnt. Nur hin und wieder sagen die Vaterkollegen aufgeregt: »Der hupft! Der hupft!«, wenn eins der Pferde – naja, was weiß ich schon von Pferden. Hupft wahrscheinlich.

Vor jedem Rennen kann man sich die Kandidaten ansehen und kenntnisreiche Bemerkungen machen. Nach jedem Rennen wird die Titelmelodie von »Monty Python's Flying Circus« gespielt. Stolze Pferdebesitzer wandeln neben ihren rustikal coiffierten Gattinnen auf und ab. Ein schrumpeliges Männlein kommt vorbei und rät uns eindringlich, im sechsten Rennen auf die Nummer 4 zu setzen. Todsichere Sache! Die Vaterkollegen nicken unbeeindruckt und bedenken die Nummer 4 hinter dem Rücken des Männleins mit harten Worten. »Nicht auf schrumpelige Männlein aus Straubing hören«, lerne ich. Dann gewinnt die Nummer 4 das sechste Rennen mit zwanzig Längen Vorsprung bei einer Quote, die gestandenen Männern das Wasser in die Augen treibt. »Jessasmariandjosef«, sagen wir. Zurück nehmen wir den Artmeier-Bus. Ich beschließe, es noch mal mit Hemingway zu versuchen. Angeln, was soll da schon schief gehen.

28.3.2002

AUF DER SUCHE NACH DEM SPERMABAUM

Kathrin Passig

Der Spermabaum blüht in Berlin im Juni, und wer nachts auf dem Fahrrad an ihm vorbeifährt, gerät in seine verwirrende Dunstglocke. Ich bin es leid, im Vorbeifahren jedesmal stupide »Sperma!« zu denken, und möchte stattdessen lieber Intelligenteres wie »Lateinischer Name« denken. Wie sieht das Gewächs bei Tageslicht aus? Riechen andere Leute das auch? Befragte Freunde sagen dankbar »Ach, das geht dir auch so – und ich dachte schon, es liegt an mir«, können aber nicht weiterhelfen. Einer greift sogar hilfsbereit zum Telefon und ruft einen Bekannten an, der sich als schwuler Biologe angeblich mit Spermabäumen auskennt. »Eberesche«, meint der Biologe, und dass es dieses Jahr besonders schlimm sei mit dem Spermabaum, in manchen Straßen müsse er »fast brechen«. Wiewohl er eigentlich nichts gegen Sperma einzuwenden habe. Aber die Eberesche ist ein handliches Bäumchen, kein ordentlicher Baum und riecht bei näherer Untersuchung auch ganz unschuldig.

Eine Suche bei Google erweist sich – wie alle Suchanfragen, die den Begriff »Sperma« enthalten – als furchtbar fruchtbar, und schon nach wenigen Stunden entschlossenen Bildergucken ist der Spermabaum als *Ailanthus altissima* oder Götterbaum und die Geruchsquelle als dessen männliche Blüten identifiziert. Warum Sperma aber überhaupt nach Sperma riecht und wie der Baum das anstellt, das ist im ansonsten durchaus spermaffinen Internet nicht herauszufinden.

War das unbedingt nötig, Natur? Als ob wirs um diese Jahreszeit nicht auch ohne Spermabaum schon schwer genug hätten und unsere Triebe täglich mit der Heckenschere zurückstutzen müssten. Nur weil der Mensch auf die unappetitliche Idee verfallen ist, Kondome mit Erdbeeraroma oder Dental Dams mit Vanillegeschmack herzustellen, so eine billige Retourkutsche? Zürnt uns Mutter Natur, weil unsere jungen weiblichen Sprosse diesen hässlichen Hang haben, sich die Haare mit muffigem Melonenshampoo zu waschen? Ist es die Strafe für den Missbrauch von Bruder Baum in Form der Wunderbäumchen »New Car«, »Sportfrische« und »Fußball«?

Wahrscheinlich hat die Evolution inzwischen die Sache mit der postmodernen, kulturübergreifenden Sexualität spitzgekriegt. Die Götterbäume fühlen sich nach dem Betrachten von »Sheep fucking young school girls« und »Two guys licking huge horse dick« halt ein bisschen komisch. Mit der kategorischen Unterscheidung von Menschen, Tieren, Pflanzen und Steinen soll ja laut Bruno Latour, dem Erfinder des »Parlaments der Dinge«, sowieso demnächst Schluss sein. Es wird wohl am besten sein, man berücksichtigt die Tiere, Pflanzen und Steine dann auch gleich im Jugendschutzgesetz, um sie vor sozialethischer Desorientierung durch für ihre Entwicklungsstufe ungeeignetes Material zu schützen. Man will sich ja nachts im Park nicht auch noch mit 18 Meter großen und zu allem bereiten Triebtätern auseinander setzen müssen.

Bis zum In-Kraft-Treten neuer Regelungen sollten Sie sich vorsichtshalber von Haarshampoos »mit Wirkstoffen aus dem Götterbaum« fernhalten. Und lassen Sie die Finger vom Wunderbäumchen »Frisch gefickt«.

27.6.2002

HM-HM-KOLUMNE

Kathrin Passig

Bislang waren es meist die Hersteller, die ihren Produkten als Koberer mit Aufforderungen wie »Duschdas« oder »Nimm 2« zuarbeiten mussten. Das derzeit energisch beworbene »Pss-Pss-Gel« von Garnier macht sich erstmals selbstständig: »Pss-Pss!« zischt es aus dem Regal, »schmier mich in die Haare! Machs wie alle deine Freunde, die sich auch Sachen in die Haare tun! Und komm mir nicht damit, du hättest keine Lust, dir erst die Haare zu waschen, nur um dann pappiges Zeug reinzumachen, denn das ist total 20. Jahrhundert.«

Ich seufze hilflos. Von Katzen heißt es ja, sie leckten sich nach dem Verzehr katzenüblicher Abscheulichkeiten mit großer Begeisterung das Fell, damit vorbeiziehende Geschlechtspartner erkennen können, dass in diesem Fell ein wohlversorgtes Tier zu Hause ist. Beim Menschen scheint das Einlassen der Frisur mit klebrigen Substanzen in dem Moment flächendeckende Verbreitung erreicht zu haben, in dem auch die allerletzte Wohnung in Ostdeutschland mit Bad und Dusche ausgestattet wurde. Konnte man vorbeiziehende Geschlechtspartner bis zu diesem Tag noch vermittelst einer schäfchenhaft flauschigen Frisur darauf aufmerksam machen, dass man gutsituierter Besitzer von Haarwascheinrichtungen war, ist damit inzwischen kein Staat und schon gar kein Distinktionsgewinn mehr zu machen. Ausgenommen von diesem Trend sind nur die alten Damen mit ihren zeitlos zementierten pastellfarbenen Haarhelmen, aber die wollen ja auch keine Geschlechtspartner anlocken, sondern vielmehr den Russen abschrecken.

Die seither auf den Köpfen verteilten Massen an »Radical Glue Fiber Gel« und »Secret Weapon Styling Creme« teilen der Welt also mit, dass man sich in Kreisen zu bewegen gewohnt ist, in denen auch nicht der Schatten der Vermutung aufkommt, man habe etwa aus Wassermangel einen klebrigen Fußabstreifer auf dem Kopf oder sei erst drei Minuten vor dem Meeting dem Bett entkrochen.

Warum und wie aber speziell das lockende »Pss-Pss« den empfindsamen Leser an jeder Plakatwand aufs Neue zwingt, über Strubbel-Effekt und Out-of-Bed-Look nachzusinnen, steht in Peter Rühmkorfs »Naturgeschichte des Reims und der menschlichen Anklangsnerven« erklärt. Es ist die Begriffsbildung durch Doppelung, die uns »auf unvorhergesehenen Wegen wieder in magische Frühbereiche führt … Denn wo ein Laut nur mittels seines Echos zu einem eigenen Wesen findet, ein Wort nur durch seinen Schatten existiert, ein Name im Zusammenhang mit seinem Wiedergänger, da ist ein Ende der Wesensverwandlung überhaupt nicht abzusehen und der Verwechslung von Schein und Sein jede Zaubertür geöffnet.« Und Wesensverwandlung, findet der Käufer, sei genau das, was er in den frühen Morgenstunden obenrum am dringendsten nötig habe.

Trotz der Vorteile magischer Begriffsdoppelung und des selbstanpreisenden Produkts fände ich es ganz angenehm, wenn das Pss-Pss-Prinzip der Namensgebung keine Schule machte. Krks-Krks-Knäckebrot, Shlrrp-Shlrrp-Limonade und Unh-Unh-Kondome kommen mir jedenfalls nicht in die Einkaufstüte.

25.7.2002

MICHAEL, KLAUS UND NR. 2345

Ira Strübel

Kurz vor meinem dreißigsten Geburtstag fing es an. Ich erhielt auf meinem Spam-Account, also dem Mailkonto, das ich überall dort angebe, wo Tsunamis von Werbemails zu erwarten sind, »post von www.lie.be user 2345[1].« »Hallo! Ich, 33, 1,80, kräftig und gut aussehend, habe deine Anzeige gelesen und finde Katja Riemann auch Scheiße! Gerne würde ich mich mit dir treffen und deine Brüste durchkneten, bis es dir kommt. Schreib doch mal! Dein Gerald[1]«.

Ich war, gelinde gesagt, irritiert. Es gibt durchaus Menschen, die mich für fortschrittlich halten. Ich meine, ich hatte schon ein Modem, da dachten die meisten noch, das Wort bezeichne einen Lymphstau im Bindegewebe. Ich lehne Dinge als »durch« ab, die andere gerade für sich entdecken. Aber eine Kontaktanzeige? Moi? Never. Was die Balz angeht, bin ich so altmodisch und streng wie die Sütterlinhandschrift meiner Großmutter. Ich glaube an die Macht des Zufalls. Alles Geplante ist mir zuwider. Anderntags wollte ich erneut die ungeliebte Mailbox leeren. Vier Mails von www.lie.be. Zwei der Herren versicherten, ihre Frau verstehe sie nicht, »aber wegen der Kinder«. Alle vier waren der Meinung, dass nur sie meine unersättlichen Begierden befriedigen könnten, »Sauberkeit und Diskretion sind Ehrensache«. Einer hatte ein Foto seines unspektakulären, aber sicher sauberen und diskreten Genitals angehängt. Ich staunte nicht schlecht über so viel Sinn fürs Wesentliche.

Dann, an meinem dreißigsten Geburtstag, kam Licht in die Sache. Zwei Freundinnen hatten sich, so erklärten sie beim Gratulieren strahlend, »meiner angenommen«. Beide waren sie in den Jahren zuvor hauptsächlich durch andauerndes Verheiratetsein aufgefallen. Und durch liebevolle Kommentare wie: »Es kann doch nicht sein, dass eine Frau wie du ohne Mann herumläuft.« Beziehungsweise: »Ach, du hast es gut, kannst machen, was du willst.« Da wälzte sich also der Hase ruhelos im Pfeffer! Sie hatten eine Kontaktanzeige für mich aufgegeben. Darin stand, dass ich eine feste Beziehung suche. »Versehentlich« hatten sie aber auch den Menüpunkt »erotisches Abenteuer« angeklickt. Und weil beide im Internet eher hilflos sind, hatte Eva sofort das Passwort verschlampt, mit dessen Hilfe ich die Anzeige hätte löschen können. »Hallo, ich bin Michael. Ich stehe auf harte Spiele und alles, was Spaß macht. Keine extremen Sachen! Da ich im Außendienst arbeite, bin ich total flexibel. Ruf doch mal an!«

Inzwischen ist ein Jahr verstrichen, die Website ist einem schlichten 404 gewichen, aber die weiterhin eintrudelnden Antworten auf die Anzeige sind zu einem lehrreichen Teil meines Lebens geworden. »Mein Kick ist das Unbekannte und Sex an ungewöhnlichen Orten. Da ich meinen Führerschein verloren habe, finde ich es toll, dass sich eine Frau aus dem Raum 69 bei lie.be meldet. Schreib mir doch mal! Dein Martin«.

Irgendwann habe ich angefangen, diese Mails zu sammeln, weil sie etwas Beruhigendes haben in ihrer tölpelhaften Tristesse. Auch regen sie zum Fantasieren an – nein, nicht, was Sie jetzt denken. Aber ob Martin seinen Führerschein auf der Suche nach dem Kick des Unbekannten verloren hat oder doch nur mit Alkohol am Steuer erwischt wurde, das würde mich wirklich interessieren. Und überhaupt, wie flexibel muss man im Außendienst tatsächlich sein?

Aber vielleicht mache ich doch lieber ein Buch aus den gesammelten Werken. »Heart of Darkness« könnte es heißen. Oder »Ficker der Finsternis«. Hauptsache was mit erotischen Abenteuern. Und innen würde in gezierten Lettern stehen: »Gewidmet den Unverstandenen. Michael, Klaus und Nr. 2345«.

3.1.2002

1 Alle Namen, Nummern und Adressen geändert.

SCHÖNER STERBEN

Ira Strübel

Über das virtuelle Leben wird viel geschrieben. »Life on the Screen« und ähnliche Standardwerke der Internetforschung verweisen schon im Titel auf die Vitalität binärer Biosphären. Dabei steht außer Frage, dass das Netz by default der Vanitas anheim fällt: Flüchtigkeit und Nichtigkeit herrschen allerorten, das kann man selbst der schäbigsten medienwissenschaftlichen Proseminararbeit noch entnehmen. Oder doch zumindest dem Aufstieg und Fall der New Economy.

Trotz dieser eindeutigen Sachlage blieben bislang allerdings die wirklich großen Fragen weitgehend unbeantwortet: Gibt es eine Existenz nach dem Delete? Was passiert mit einem plötzlich abgebrochenen Download? Und: Eine Website, die niemals aufgerufen wird – existiert die überhaupt? Bei Foucault und danach bei Turkle haben wir gelernt, dass jeder von uns viele ist. Was aber passiert, wenn einer von uns keiner mehr ist? Hat man im Netz die Chance, unsterblich zu sein, wenn man das Zeitliche segnet?

Verheißungsvoll erscheint da www.theorderoftime.com/politics/cemetery. Hier werden Websites, die im Tode erstarrt sind – weil der Betreiber der Site oder dessen Interesse an derselben über den Jordan gegangen ist – mumifiziert zur Schau gestellt: eine Art »Körperwelten« des HTML. Dass den verblichenen Seiten in dieser elysischen Domain tatsächlich ewiges Leben vergönnt sei, darf jedoch bezweifelt werden. Viel wahrscheinlicher geht es dort zu wie auf dem städtischen Friedhof: Irgendwann wird die Ruhestätte neu vermietet und eine schönere Leich erntet alle Aufmerksamkeit. So bleibt die virtuelle Ewigkeit ja doch immer eine begrenzte: Stirbt der Inhaber, folgt seine Domain ihm ins Grab.

Ausnahmen von dieser Regel werden wohl nur für Berühmtheiten gemacht. www.leary.com etwa blieb nach dem Tod Timothy Learys fast unverändert. Lediglich eine FAQ und die ins Weltall geschossenen Überreste wurden hinzugefügt – wenig wegweisend für uns Normalsterbliche, die wir unter Flugangst leiden und kaum über geschmackssichere, HTML-fähige Freunde verfügen. Wer Pech hat, bekommt bei www.memoriam.de die komplette Gedenkpackung verpasst, inklusive des Vorwurfs »Warum hast du uns so früh verlassen?« in pinkfarbener Frakturschrift.

Um derlei zu vermeiden, bleibt uns, die wir selbst im richtigen Leben weder Administratoren- noch Operatorenrechte haben, nach wie vor nur, auf das große Sign-off angemessen vorbereitet zu sein – etwa mit Hilfe des lobenswerten Angebots von www.vintagecoffins.com. Nicht nur bieten sie die buntesten Särge und die schönsten Do-it-yourself-Kisten der nördlichen Hemisphäre an, sie sehen die Sache mit dem Sterben auch nicht halb so finster: »We put the fun back in funeral«, verkünden sie handfest und unbekümmert, und das ist nicht gelogen. Denn so ein Sarg in Form eines Mississippidampfers, der bringt Freude ins triste Nicht-mehr-Dasein.

Ich allerdings hätte es gerne weniger aufwändig, wenn mir der Große Admin dereinst die Nutzerrechte entzieht. Wenn von meinem digitalen Dasein nur noch die 0 bleibt, wenn die Festplatte final formatiert ist, dann möchte ich kein aufwendiges Begräbnis. Man möge stattdessen einfach meine Pixel ins Meer streuen. Und auf dem Gedenkbildschirm soll das zu lesen sein, was mein virtuelles Leben so sehr geprägt hat: »Connection timed out.«

31.1.2002

OPTIMIERTE BEDÜRFNISSE

Kathrin Passig

Vorab vielleicht ein paar Worte der Rechtfertigung: Es zwingt einen schließlich niemand, E-Commerce-Angebote wahrzunehmen. Ich gehe nur nicht gern einkaufen. Bei Gesprächen mit Verkäufern fühle ich mich wie ein Geschöpf mit Tentakeln von einem anderen Planeten, und wenn ich Kleidung anprobieren soll, dann stellt sich wiederum heraus, dass sie für außerirdische Tentakelgeschöpfe gefertigt wurde. Und überhaupt muss man zum Einkaufen nach draußen, und nach dem ersten Geschäft womöglich noch in ein zweites, und dann fehlt der Euro für den Einkaufswagen, und dann fällt einem der ganze Kram vom Fahrrad.

Es gibt auch Menschen, die gern einkaufen. Zum Glück kenne ich ein oder zwei davon und kann sie durch mitleiderregendes Wehklagen oder durch das Tragen mitleiderregender Kleidung dazu bewegen, mir hin und wieder Abgelegtes zu vererben. Da man aber nicht alles ererben kann, habe ich schon vor zwei Jahren gelobt, mein geringes Einkommen so vollständig wie möglich vermittelst E-Commerce wieder in Umlauf zu bringen. Eigentlich müsste ich der feuchte Traum aller E-Commerce-Anbieter sein: Ich wedele freudig mit meinen persönlichen Daten und möchte nichts lieber als online Geld ausgeben. Aber genau daran hindert man mich Tag für Tag in frechster Manier.

Neulich zum Beispiel erfragte ich bei einem Baumarkt per E-Mail den Preis für einige Bretter. Nein, es war gar nicht per

E-Mail, es war eins dieser potemkinschen Kontaktformulare, die andeuten, dass man in dem betreffenden Unternehmen E-Mail für Teufelswerk hält und Anfragen deshalb in der Firmenzentrale ausdruckt und zu Fuß beim zuständigen Sachbearbeiter vorbeibringt. Jedenfalls passierte erst mal eine Woche lang gar nichts. Dann rief mich ein Mitarbeiter dieses Baumarkts an und wollte wissen, an welche Nummer er die Antwort faxen solle. Und so geht das andauernd! Will ich in mein Gärtlein gehn, eine Brille kaufen, steht auf den Webseiten von Fielmann nichts als ein öder Prospekt herum: »Fielmann will seinen Kunden Enttäuschungen ersparen, daher werden wir im Internet bis auf weiteres keine Brillen zum Kauf anbieten: Wir sind uns sehr sicher, damit auch in Ihrem Interesse zu handeln.«[1] Bei IKEA bietet man mir immerhin »eine Auswahl von etwa 600 Produkten«[2] aus den geschätzten 60.000 begehrenswerten Förhöjas und Haparandas, damit ich mich »vor dem Besuch im Einrichtungshaus informieren« kann.

Also, Wirtschaft, ich weiß auch nicht. Vielleicht können wir so verbleiben: An der Stelle, wo es heißt »Mit einem Browser wie dem Ihren scheren Sie sich doch bitte fort«,[3] da ist doch sicher noch Platz für einen kleinen Zusatz wie: »... und dieser Einkaufswunsch, den Sie da haben, der ist übrigens auch nicht für unsere Website optimiert. Klicken Sie hier, hier oder hier und installieren Sie ein aktuelleres Bedürfnis – z.B. den Wunsch, halbstündige Flash-Animationen oder die Guided Tour durch unsere Vorstandsetage zu sehen. Oder gleich eine Leidenschaft für knifflige Geduldsspiele wie die Suche nach unserer Kontaktadresse.« Ich bin mir sehr sicher, damit auch in Ihrem Interesse, nein, ich lüg: ganz in meinem zu handeln.

14.3.2002

1 Heute fehlt diese Erklärung, Brillen gibt es aber immer noch nicht online zu kaufen.
2 Nach wie vor liest man bei IKEA des öfteren: »Dieses Produkt kannst du leider nicht online kaufen.« Wie, leider?
3 Diesen Satz allerdings sieht man nur noch selten.

DAS DASEIN UND DAS SOSEIN

Ira Strübel

Schnittstellen sind den Menschen seit je ein Gräuel. Das belegen »Vorsicht Stufe«-Schilder aus früheren Jahrhunderten ebenso wie die »Scalability, Availability, Compatibility«-Mantren heutiger IT-Anbieter. Oder die Tatsache, dass die erfolgreiche Überwindung von Interface-Problemen schon immer aufwändig für die Nachwelt festgehalten wurde man denke nur an die beispielhafte Inszenierung der Schnittstelle Gott/Mensch in Michelangelos »Erschaffung Adams«.

Das Internet nun hat unseren Alltag um eine große Anzahl von Schnittstellen bereichert. Da wäre etwa die von Maschine zu Maschine: Sie ist noch die harmloseste unter den netzrelevanten, und wer über viel Geld und womöglich über einen fixen Hardware-Hausmeister verfügt, wird sie kaum spüren. Tückischer ist da schon das Mensch-Maschine-Interface. Das weiß jeder, der schon einmal eine Tasse Kaffee außerhalb der Ladenöffnungszeiten in eines seiner Eingabegeräte geschüttet hat. »HIOSDLFE!«, jammern die Betroffenen in tragischen SOS-Mails »MNEERIN KEYBOARD ISDTZ KLASPÜPÜUITT!« Und man kann nichts für sie tun, als künftige Ersatzteilvorrathaltung zu empfehlen.

Am verheerendsten gestalten sich jedoch nach wie vor die Schnittstellen zwischen verschiedenen menschlichen Systemen, etwa Kunde und Verkäufer. So versuchte ich kürzlich, bei einem großen deutschen Versandhaus online bestellte Ware an meine Büroadresse senden zu lassen. Dies sei nicht möglich, mailte man, »da wir gerne beim ersten Mal den Kunden persönlich anliefern möchten«. Ich solle Verständnis haben. »Gerne persönlich!«, dachte ich. »Prima!«, und schrieb zurück, dass man mich zu den Lieferzeiten gerne persönlich im Büro antreffen könne, nicht aber unter meiner Wohnadresse.

Die Antwort kam von einer anderen Dame und war im Ton schon etwas schärfer: »Die Erstlieferung geht aber immer an die polizeilich gemeldete Anschrift.« Ich solle Verständnis haben. Ich verwies auf die Unternehmenswebsite. Da stehe schließlich: »Wenn Sie selten zu Hause sind, können Sie auch gerne eine andere Adresse als feste Lieferanschrift angeben, z.B. Ihre Arbeitsstelle.« Das könne ich auch, versicherte mir eine dritte Dame, »sofort bei der zweiten Bestellung«. Eine persönliche Auslieferung sei unter meiner Wohnadresse zu den Lieferzeiten nicht möglich, wiederholte ich, langsam, aber sicher eines Catch 22 gewahr werdend. Dafür solle man doch bitte Verständnis haben. Doch auch die vierte Versandhausdame wollte nichts von den Tatsachen meines Lebens hören. Gegenseitige Aufforderungen, sich doch endlich zu kompatibilisieren, ergingen noch mehrere Tage lang. Am Ende stornierte ich entnervt und unter Absingen schmutziger Lieder.

Im Grunde bin ich mir nicht sicher, ob es nun tatsächlich die Mensch-Mensch-Schnittstelle war, an der ich in diesem Fall gescheitert bin, oder nicht doch eine der ganz großen, vielleicht sogar metaphysischen: etwa die zwischen Ortlosigkeit und Bürozeiten. Oder zwischen Wunsch und Wirklichkeit, Dasein (»Ich bin tagsüber da und da«) und Sosein (»Nun seien Sie mal nicht so«). Ganz sicher aber bin ich mir, dass bei den Schnittstellen weiterhin vieles im Argen liegt.

25.4.2002

WUNSCHZETTEL 2002

Kathrin Passig

Es wird ja immer viel Hässliches und Nutzloses prophezeit für die nähere Zukunft: Tapeten, die sich der Laune ihres Besitzers farblich anpassen, Kühlschränke, die selbsttätig den Kammerjäger rufen und Waschmaschinen, die die getragene Unterwäsche heimlich bei eBay anbieten. Was jedem normalen Menschen aber schmerzlich fehlt, taucht in diesen Szenarien nicht auf: Liebe Forschungs- und Entwicklungsabteilungen, lassen Sie mich kurz darlegen, wofür wir wirklich unser linkes Bein oder andere zur Mausbenutzung nicht unbedingt erforderliche Körperteile geben würden.

Erstens: Ein handliches, transportables Googlegerät,[1] mit dem man die leidigen Diskussionen am Kneipentisch »Wie heißt noch gleich dieser eine Film mit dem knusprigen blonden Buben und dem, der auch das verkleidete Kindermädchen gespielt hat?« schnell und ohne Umstände beenden kann.

Zweitens: Eine Suchfunktion über den Inhalt der Wohnung. Hilfreich wäre in diesem Zusammenhang auch die Möglichkeit, Verknüpfungen einzurichten – sucht man den Hausschlüssel immer an den zehn gleichen Stellen, sollten sich dort jeweils Links auf den Hausschlüssel befinden. Frl. Strübel wünscht sich zudem für ihren Kleiderschrank einen Filter, der alles, was nicht mehr passt, unaufgefordert ins Verzeichnis /passig verschiebt.

Drittens: Tooltips. Davon kann man gar nicht genug haben. Sicher bin ich nicht die Einzige, die durch schlechte Gesichtererkennungsfähigkeiten am Verstehen der meisten Filme gehindert wird. »Was? Wer ist der denn jetzt?«, fragen wir alle paar Minuten hilflos und wünschen uns, mit irgendeiner Eingabemetapher, noch lieber aber einfach mit dem Blick kurz auf dem Darsteller verharren zu können, so dass sich ein kleines Infofenster öffnet: »Das ist der Bruder von dem, der gleich am Anfang erschossen wurde.« Auch im Bett mit fremden Menschen wäre es nicht unvorteilhaft, wenn bei Bedarf kleine »Ja, da!« oder »Dies ist keine erogene Zone«-Hinweise erschienen. In schweren Fällen könnte sogar einer der unbeliebten Windows-Assistenten weiterhelfen: »Anscheinend möchten Sie einen potenziellen Sexualpartner ansprechen. Brauchen Sie Hilfe?«

Die Hilfestellungen, die man in Adventures bekommt, sollten nach Möglichkeit ebenfalls ins richtige Leben integriert werden. Wenn man sich anschickt, mit jemandem zu sprechen, der nichts zu sagen hat, soll man darauf aufmerksam gemacht werden. Wenn man ratlos vor Bücherregalen steht, sollte über dem einzigen hilfreichen Titel eine kleine Hand erscheinen. Und wenn sich das Leben hin und wieder zwischenspeichern ließe, könnte man auch mal was wagen und müsste nicht immer ängstlich auf dem Sofa rumhängen.

Über den Köpfen der Kollegen sollte wie beim »Siedler«-Spielen ihre Produktivität in Prozent angezeigt werden – nur so zum Trost, damit man sehen kann, dass dort auch nur einstellige Zahlen auftauchen. Ein paar einfallsreichere Bildschirmschoner als immer nur Wolken und Vogelschwärme würden sich am Himmel ganz gut machen. Und dann brauchen wir Scanner, die Grippeviren binnen Minuten aus dem eigenen System entfernen, einen »God Mode« im Alltag sowie Sitemaps für fremde Städte … nein, doch nicht, die gibt's ja schon.

16.5.2002

1 Unser Rufen verhallte nicht ungehört: Schon kurze Zeit später konnte man Google, die Wikipedia und überhaupt das ganze Internet mit sich herumtragen.

VOM UNTERGANG DES INTERNETS

Kathrin Passig

Kein Tag vergeht, ohne dass man nicht irgendwo hören oder lesen muss, das Internet sei voll gotteslästerlicher Namen und habe sieben Köpfe und zehn Hörner, Minimum. Wie soll der Rechtgläubige sich da noch zurechtfinden? Schon lehnen sich selbst die Suchmaschinen gegen den Menschen auf und geben freche Widerrede, wie Hanno Kühnert vom *Merkur* erleben musste: »Eine dieser Maschinen antwortete auf die Frage nach dem Wort ›Internet‹ mit 1.881 Antworten. Bei der hundertzwanzigsten Auskunft mochte ich nicht mehr herumklicken. Etwas Aufschlussreiches war in diesen Nachweisen nicht zu finden.« Ja wo soll denn das hinführen? Ganz klar: »Wenn das Internet sich nicht ändert, wird es zerfallen«, prophezeit Herr Kühnert. Wehe, wehe, du große Stadt! Das war 1997, und da Google inzwischen bereits 106 Millionen[1] beunruhigender »Internet«-Antworten zutage fördert, ist vermutlich demnächst der Ofen aus.

Das dürfte dem greisen Science-Fiction-Autor Stanislaw Lem Freude bereiten, der sich mit solch gewaltiger Üppigkeit genauso wenig anfreunden mag: »Es gibt keine Intelligenz im Netz. Was kann man da schon herausfinden? Das ist ein Ozean an Informationen, und wir stehen mit einem Löffel davor.« Tunkt man ihn ein, den Löffel, dann steigen neue vieltausendköpfige Tiere aus dem Meer: »Wenn man Informationen mit einer Suchmaschine sammelt, stößt man sofort auf das Grundproblem des Internet-Zeitalters: Tausende von hits als

Antwort auf meine einfache Frage – so genau wollte ich es gar nicht wissen! Weniger wäre mehr«, mault Telekom-Philosoph Norbert Bolz im *Spiegel.* Die beste Suchmaschine ist halt einfach »nach wie vor das Gehirn«, stößt Hans Magnus Enzensberger in die gleiche Posaune. Je nun, es sind wohl auch falsche Propheten unter dem Volk, insbesondere beim *Spiegel,* wo man das Internet immer schon recht stückweise erkannt hat.

Derlei apokalyptische Rede erinnert an die diversen Theorien über den bevorstehenden Untergang des Universums. Es liegt ja auf der Hand, dass es nicht lange gut gehen wird, wenn das Weltall durchaus darauf besteht, sich auf so eine ungesunde Größe aufzublasen – und außerdem hat doch weiß Gott niemand Verwendung für so viel Stauraum. Anwachsende Entropie beunruhigt, das kann man mit einem Blick unters Bett jederzeit feststellen. Und so ist auch die Feindschaft zwischen Apokalyptikern und integrierten Schaltkreisen nicht erst mit Google in die Welt gekommen. Denn siehe, das Lamm stand auf dem Berg Zion und mit ihm standen 1.900 Treffer[2] für »Kulturpessimismus«.

Beklage ich mich vielleicht über die unpraktisch große Anzahl der Bände in diesen verwirrenden Unibibliotheken? Doch nur ganz selten. Wenn man erst seit vorgestern ein Faxgerät und seit gestern so ein Internet besitzt, braucht man sich seine Ratlosigkeit deshalb noch nicht so mädchenhaft anmerken zu lassen. Klagt also nicht undankbar über Suchergebnisse sonder Zahl, denn das ist peinlich und es verdrießt mich. Suchet, so werdet ihr finden, wenn ihr euch dabei nicht anstellt wie alternde Kulturkritiker und trödelt nicht damit, für den Fall, dass das Internet doch noch zerfällt. Halleluja!

13.6.2002

1 Heute: 1 Milliarde 260 Millionen. Das Ende von allem rückt näher!
2 Heute: 67.900. Ein klares Anzeichen dafür, dass die Welt immer kulturpessimistischer, ergo schlechter wird.

MEIN FENSTER

Ira Strübel

Als Kind war ich mir sicher: Wo ein Hineinschauen ist, da ist auch ein Herausgucken. Beziehungsweise: Wen ich sehen kann, der kann auch mich sehen. Das Prinzip hatte ich bereits mehrfach erprobt: Bei Fenstern hatte es sich bewährt, auch bei Tanten und Taschenspiegeln schien es zu stimmen. Wie sollte ich da ahnen, dass es sich mit dem Fernseher anders verhielt? Es wäre ja auch nur gerecht gewesen: Wenn ich schon immer Peter Lustig zusehen und -hören musste, warum sollte er nicht auch mir lauschen? Viel weniger unterhaltsam war das sicher nicht. Es dauerte, so erzählt man mir noch heute, geraume Zeit, bis ich mich damit abfinden wollte, dass der Fernseher nicht antwortete.

Und dann kam das Internet: Aussehen wie eine promovierte morgenländische Sexgöttin und dabei erzählen, man sei ein 48-jähriger Hilfsarbeiter mit dickem Wanst. So schlecht, fand ich mit zunehmendem Alter und Gewicht, war diese einseitige Sicht der Dinge gar nicht.

Bis ich František kennen lernte. František war 70 und mein Nachbar. Wenn wir uns im Treppenhaus begegneten, zog er immer einen imaginären Hut und wünschte mir »an scheenen guten Tag, Freilein«. Nachdem wir uns ein paarmal unterhalten hatten, fragte er neugierig, ob er sich bei mir dieses Internet »einmol anschaun« dürfe. Und als er dann so andächtig vor meinem Rechner saß, deutete er plötzlich auf die Webcam, die neben dem Rechner herumlag, und fragte:

»Freilein, kennen Sie denn damit in die Maschin hineinfotografieren?«

Da war sie wieder, meine Kindheit. Wenn die mich sehen konnten, war es doch nur recht und billig, dass auch ich sie … Mein Blick schweifte zum Fenster hinaus und verschwamm, als mein ungezogenes inneres Kind auch schon hüpfend loszog: Den Pfarrer im einhändigen Amica-Chat fotografieren. Robert T. Online nackt beim Scheißen erwischen. Langweilige Hausfrauen mit halbkinky Katzenpseudonymen als, ja, langweilige Hausfrauen mit halbkinky Katzenpseudonymen enttarnen! Und umgekehrt: Wie, wenn ich die Leute zwingen könnte, mir ins Gesicht zu schauen, wenn ich ihre elenden Get-a-bigger-dick-Mails schmähte? Was, wenn ich unsägliche Porno-Pop-ups endlich mit prüden Gardinenpredigten beantworten könnte? »Schämt euch!«, würde ich Jennifer und Mandy, die horny teenage bitches, nur 41 cent/min., sauertöpfisch anschnauzen, »was würde eure Mutter dazu sagen?«, und, wahrlich, die Pop-ups würden sich vor Schreck selbst schließen, die Mädels würden ihre Leibchen zuknöpfen und das plötzliche Bedürfnis verspüren, Mama anzurufen. Ach, die Welt wäre ein besserer Ort, hätte man Ron Sommer beizeiten persönlich die Meinung in seinen Rechner geigen können. Das hatte er nun davon!

»Challo, Freilein?«, fragte František besorgt. »Ist Ihnen alles in Ordnung?« Entrückt sah ich ihn an. »Nein, Herr František, ich … äh …« František verabschiedete sich recht schnell. Er merkte, dass ich anderen Gedanken nachhing. Schon halb zur Tür hinaus, drehte er sich noch einmal um. »Freilein«, sagte er, »diese Internet ist nicht geheier.« Sprachs, zog seinen imaginären Hut und ging zurück in seine

Wohnung. Ich schloss die Tür und schaltete den Fernseher an. Christiansen, na ja, warum nicht. »Na, Sabine«, prostete ich ihr zu, »auch so 'n komischen Tag gehabt?« Aber Frau Christiansen beachtete mich gar nicht.

25.7.2002

SCHNITTSTELLENPROBLEME

Kathrin Passig

Ergonomie habe ich immer für eine Einrichtung für Lutscher und Sekretärinnen gehalten, und Sehnenscheidenentzündungen, Karpaltunnelsyndrome und Tennisellenbogen für Ausdrücke der Einigkeit zwischen Arbeitnehmer und Hausarzt darüber, dass das Arbeiten keine so gute Erfindung sei. Für Leute wie mich gibt es vermutlich eine spezielle Hölle der Uneinfühlsamkeit, wo Unterteufel vorbeispazieren und munter fragen: »Na, habt ihr's auch schön warm?« Dann fassen sie mit ihrer Klaue in den Kessel und sagen: »Also bitte, stellt euch mal nicht so an, da hab ich ja als Kleinkind wärmer gebadet.«

Als kleine Vorschau auf diese gut beheizte Zukunft verspüre ich seit geraumer Zeit so ein Zwicken im Ellenbogen, so ein Ziehen, ein dumpfes und unheilverheißendes Gefühl, einen Schmerz. Einen Schmerz, der schon nach wenigen Stunden der Computernutzung einsetzt und mich missmutig an jenen Tag zurückdenken lässt, an dem ich also zu meinen Eltern sprach: »Berufsunfähigkeitsversicherung? So lange ich nicht auf den Kopf falle, kann ich auch arbeiten.« Denn ach, ich war jung und brauchte das Geld selbst.

Dass der Körper seine eigenen Wege geht, ist ja nichts Neues: Seine Ansichten über Orgasmuszeitpunkt, zulässige Alkoholhöchstmenge und die therapeutische Wirksamkeit des Kratzens, wenn es juckt, führen schon in jungen Jahren zu milder Resignation vor den Idiosynkrasien des Körpers.

Wenn seine Widerspenstigkeit allerdings mit dem Geldverdienen zu interferieren beginnt, dann muss man dem Körper mal ganz klar sagen, dass es so nicht geht. Dass er an dem Ast sägt, auf dem er sitzt und die Hand beißt, die ihn füttert. Dass mund- und fußgemalte Wandkalender nicht mehr so verkäuflich sind wie früher, dass wir in einem Boot sitzen, und dass einer von uns beiden besser mal kräftig rudern sollte. »Und zwar«, sage ich anklagend, »kleiner Tipp von Descartes, der Geist ist das nicht!« Als sei der Weg vom Denken zum Aufschreiben nicht schon unter normalen Bedingungen weit und voller Tempo-30-Wohngebiete.

Nach Informationen zu kneifenden Schnittstellenkörperteilen braucht man im Netz nicht lange zu suchen. Unter dem Stichwort »Repetitive Strain Disorder« treffen sich Legionen gebeutelter Computerkranker. Das mag so sinnvoll sein wie ein Treffen der Anonymen Alkoholiker im Blauen Affen zu Neukölln, aber wie heroisch erscheint selbst der kümmerlichste »me too«-Beitrag, wenn man erahnt, dass er in mehrstündiger Arbeit mit einem zwischen die Zähne geklemmten Bleistift getippt wurde. Fortschrittlichere Eingabemetaphern lassen leider auf sich warten. Fußmäuse und Diktiersoftware bringen nicht nur kaum Linderung, sondern auch den sozialen Abstieg im Großraumbüro mit sich. Und auch die Maussteuerung durch Gehirnwellen, von der *Scientific American* im Oktoberheft 2002 berichtete, ist nichts für mich. Erstens können dann alle sehen, dass mein Gehirn den Großteil des Tages nur jene piepende Linie produziert, die in Krankenhausserien Hektik beim Personal auslöst. Zweitens wäre die direkte Umsetzung meiner Gedanken in digitale Daten meinem Lebensunterhalt vermutlich noch weniger förderlich als der jetzige Zustand. Bis Fortschritte der Gentechnologie mir zu einem eleganten, seidigen Greifschwänzchen verhelfen, mit dem sich eine Eintastenmaus bedienen und der Kollegenneid erwecken lässt, muss ich eben die Zähne um den Bleistift zusammenbeißen.

10.10.2002

DIE GROSSE BIBLIOTHEK VON BERLIN

Kathrin Passig

»Dies ist also der Onlinekatalog der Berliner Staatsbibliothek«, rief William aus, und ich konnte hören, wie erfreut er war, dass diese altehrwürdige Institution sich dem Brauch anderer, unbedeutenderer Bibliotheken nicht länger verschloss, wenn es auch bis nach der Jahrtausendwende damit gedauert hatte. »Gewiss erleichtert er es sehr, das gewünschte Buch aufzufinden und sich aushändigen zu lassen.«

Der Bibliothekar schnaubte durch die Nase. »Versucht es nur. Ihr werdet sehen, dass wir nur die Namen der Bücher bereitwillig herausgeben, nicht etwa die Bücher selbst. Obgleich schon die Kenntnis der Existenz mancher Texte den Toren verderblich sein kann.« »Davon habe ich gehört«, sagte William. »Plant nicht die Bundesprüfstelle, im nächsten Jahr einen neuen Katalog verbotener Werke herauszugeben, dessen Inhalt niemandem bekannt werden darf?«

Dann rückte er das Gerät auf seiner Nase zurecht und schrieb einen Titel in das Suchfeld. »Ah, der verrückte Italiener«, bemerkte Malachias. »Nun versucht das Werk zu bestellen!« William sah ratlos aus, und auch ich konnte nirgends eine Möglichkeit dazu entdecken. Der Bibliothekar lachte. »Und doch ist es möglich. So hindern wir die Unerfahrenen daran, uns unnötige Arbeit zu verursachen. Nur von manchen Titeln führt ein Weg zum Bestellformular. Glaubt aber nicht, dass der Benutzer dadurch etwa weniger Arbeit hat – auch er muss sich die Signatur einprägen und sie später von neuem eingeben, obwohl es uns ein Leichtes wäre, sie zu übernehmen. Doch die Trägheit ist eine Sünde, und wir wollen sie nicht befördern.«

Er beugte sich über Williams Schulter und führte uns zum Bestellformular, indem er dessen komplizierte und verschlungene Adresse von Hand eingab. William schrieb die Signatur und drückte auf »Weiter«. Es erschien der strenge Befehl, er möge sich gefälligst zwischen dem Bestand der beiden Häuser der Bibliothek entscheiden. Verwirrt blickte er zu Malachias auf. »Wie kann ich denn wissen, in welchem Hause das Buch steht?« Der Bibliothekar konnte seine Freude kaum bezähmen. »Gar nicht. Im Vertrauen gesagt ist es egal, welches von beiden ihr wählt. Nur wählen müsst ihr eines.« »Aha«, sagte William ein wenig missmutig.

Nun wurden wir aufgefordert, Ausweisnummer und Passwort einzugeben. »Das Passwort ist wohl ein sehr geheimes Zeichen?«, vermutete William. »Geheim!«, höhnte Malachias. »Es ist das Geburtsdatum des Benutzers. Bedenkt, dass es vor Gott keine Geheimnisse geben kann.« Wieder griff er William über die Schulter, um beides für uns einzugeben, damit wir Zugang zum Innersten des Labyrinths erlangen konnten. »Siebzehn Stellen!« sagte ich, um zu zeigen, dass ich aufmerksam mitgezählt hatte. »Ein Glück, dass ihr es nur einmal eingeben müsst.« Da wurde der Bibliothekar von einer unmäßigen Freude erfasst. »All diese siebzehn Stellen«, kicherte er, »müssen immer wieder von neuem eingegeben werden. Bei jedem neuen Buch, bei jeder Einsicht in die Bestellungen, bei jedem Handgriff! Oft sogar mehr als einmal, denn nur die Eingeweihten wissen, dass die Menüpunkte auf ihre erste Betätigung nicht reagieren!« William schwieg einen Augenblick und sagte dann höflich: »Ich danke euch für die Vorführung, Bruder Malachias. Ich weiß nun genug.«

21.11.2002

NICHT VERGESSEN – HIER MUSS NOCH EIN TITEL HIN!

Kathrin Passig

Lieber Niklaus, dieser Text war auf meinem Schreibtisch ich glaube, er ist von mir. Die Kommentare bitte kursiv und auf neue Zeilen setzen, danke!

In jungen Jahren pflegte ich meine Tagebucheinträge etwa so abzufassen: »Mit S., H. und R. nach G. ins D.« Selbstverständlich würde ich mich ein Leben lang daran erinnern, wer S., H. und R. waren und was wir im G. in D. wollten. Aber weil man so nicht in künftige Ausgaben von Kempowskis »Echolot« kommt und überhaupt im Alter klüger wird, erkannte ich bald, dass man sich auf das eigene Gedächtnis nur dann verlassen darf, wenn es gar nicht anders geht.

Sobald mir wieder einfällt, wo es steht, kommt hier noch ein Zitat von Solschenizyn hin, wie er im Gulag ein Buch komplett im Kopf verfasst … oder war das Bettelheim im KZ?

Wenn ich nicht in jungen Jahren davon überzeugt gewesen wäre, Programmiersprachen seien eine im Sperma von Männern vorhandene Substanz, so dass mein Eifer bei ihrer Aneignung entsprechend schnell erlahmte, dann hätte ich das alles schon viel früher begriffen. Ich säße nicht immer wieder vor gestern hingeschriebenem Code und dächte: »Wiwiwi! Sieht aus wie das Gebiss meiner Tante! Ist das von mir?« Gleichzeitig bekommt man natürlich mehr Respekt vor der eigenen Person, weil man so was mal konnte.

Seit ich die Vorzüge der ausführlichen Selbstdokumentation

erkannt habe, ist mein Leben etwas einfacher geworden, auch wenn sich meine Kommentare beim Programmieren in aller Regel auf »Finger weg von dieser Zeile, die tut irgendwas und muss drinbleiben!« oder »hab vergessen, wozu das hier gut ist« beschränken. Auch der Verzicht auf Dateinamen wie »rechnung.txt« und Ordner wie »zeug«, »altes zeug« und »ganz altes zeug« erweist sich als hilfreich. Und Backup-CDs bereiten mehr Freude, wenn sie nicht mit »Backup« oder »Aktuelles Backup« beschriftet sind.

Hier muss noch eine Überleitung hin: Es geht ja nicht nur um den Computer, sondern in erster Linie darum, das Leben korrekt zu dokumentieren, damit man auch morgen noch weiß, wer man ist und was dieser Zettel bedeutet, auf dem in der eigenen Handschrift »Nachhaken wg. Seele!« steht.

Ein vorbildliches Beispiel ist da jener Unbekannte, der seine PIN mit Edding direkt auf dem Geldautomaten notiert hat. Seine Weisheit erkannte ich an dem Tag, an dem ich nicht nur meine PIN vergaß, sondern auch vergaß, dass ich sie vergessen hatte, dreimal das eingab, was mir mein unzuverlässiges Gedächtnis stattdessen untergeschoben hatte und meine EC-Karte einbüßte. Oder der Protagonist aus »Memento«, der sich alles Wichtige auf den Körper tätowieren lässt. Auf meiner Stirn sollte in Spiegelschrift geschrieben stehen: »!nessegrev thcin txeT-zat«. Und auch die Fußnoten in vielen Büchern scheinen eher vom Autor an den Autor gerichtet.[1]

Der folgende Absatz dient nur dem Zeilenschinden und kann bei Bedarf ersatzlos gestrichen werden.

Mittelfristig hoffe ich sehr auf die Fortschritte der Wearables-Technik, damit diensteifrige Videokameras überall an meinem Körper aufzeichnen können, warum und mit wem ich gestern Abend wo gewesen bin und wo die blauen Flecken heute herkommen. Das mit den blauen Flecken ließe sich womöglich sogar zu Geld machen.

Lieber Niklaus, dieser Text hatte ursprünglich einen sehr schönen Schluss, den ich handschriftlich auf einem Zettel notiert hatte. Der Zettel ist leider verschwunden. Nächstes Mal schreib ich drauf, wo ich ihn hinlege …

5.12.2002

1 *Hier wäre noch ein Beispiel schön.*

TUNWORTE MIT STERNCHEN

Kathrin Passig

Die Smileys und Emoticons, mit denen der native Internetbewohner gern seine Rede schmückt, sind in den letzten zehn Jahren ausführlich durch die inlandsethnologischen Medienrubriken gezerrt worden. Nicht immer zeichneten sich die Autoren durch Fachkenntnis aus, aber man darf das Thema doch mittlerweile als gut dokumentiert betrachten. Nur gänzlich merkbefreite »Mein erstes Internet«-Berichte zählen noch voll kindlichen Staunens die gebräuchlichen Emoticons »Rauche Pfeife«, »Bin Atheist« und »Finde Kühlschrankabtauen voll super« auf. Weniger gründlich erforscht ist der komplexere stilistische und grammatische Zierrat der Onlinekommunikation.

Am weitesten verbreitet ist sicherlich der Donaldismus oder einfache Inflektiv (*grunz*). Von eloquenteren Chattern wird er gern zum erweiterten Inflektiv (*lässigabspritz*) ausgebaut, von ganz depravierten Geschöpfen zum idiotischen Inflektiv (*einmalumdenmondundzurückknuddel*). Konservativere Forscher bevorzugen den Oberbegriff »Mimikersatzschwachsinn«.

Darüber hinaus bieten Chats schlichter Bauart zur Vermittlung von Handlungen jenseits des Sprechakts vorgefertigte Spritzgussteile wie »... knuddelt dich gaaanz lieb«, »... will mit dir über Phänomenologie diskutieren« oder »... peitscht dich mit der Neunschwänzigen«. Technisch ausgereiftere Kommunikationsformen ermöglichen ihren Nutzern mehr Eigenbeteiligung. Mit Hilfe von »/me« und vergleichbaren Konstruktionen lassen sich ganze Sätze bilden, die als Handlung anstatt als wörtliche Rede ausgezeichnet werden: »billyregal zerfällt vor rührung in formaldehyd und sägespäne.« Die Grammatikmodule der Nutzer werden im Vergleich zu komplexen Inflektivbildungen weniger strapaziert. Leider bieten viele Webchats und Messengerdienste keine Möglichkeit, auf einfache Weise »<Name des Chatters> singt ›Detachable Penis‹, während er dich mit der Kettensäge zerteilt« auszudrücken.

Aber es ist kein Code so restringiert, dass nicht doch ein paar Neophyten seine wenigen Teile falsch zusammenstecken könnten. Mailinglisten, Foren und Chats werden von widerwärtigen Mischformen invadiert: »Katzenfrau in den Chat schleicht und sich umschaut« oder »*erst mal wieder in der Versenkung verschwindet und fleißig weiter alle Mails liest*, mit nachdenklichen Grüßen Euer Superhorst2000«. Nach der Regel »Was doof, doof, doof ist, setzt sich durch« werden ähnlich wie das Apostroph-s eines Tages vielleicht auch diese agrammatischen Missgeburten zum legitimen Sprachgebrauch befördert. Vielleicht sind wir aber auch nur die Elterngeneration einer Pidgin-Sprache, die sich noch mühsam radebrechend verständigen muss, deren Nachfahren dem Sprachwirrwarr aber ganz von allein eine elegante Grammatik überstülpen werden. Kommende Generationen kriegen dann schon in der Grundschule beigebracht, was ein Sternchentunwort ist und dass Großbuchstaben lauter sind als kleine. Dann wird alles gut.

Der Leser erwartet zu Recht, dass dieser Text mit einer neumodischen Konstruktion wie *zuendegeh* zu Ende geht, aber /me kann diesen selbstreferenziellen Tand nicht mehr sehen. Ein schlichtes <germanistik mode="off"/> tut es ja auch.

23.1.2003

GOOGLESICHERE WESTEN

Kathrin Passig

Vorigen Juni beteiligte ich mich an einer Wette, welcher Monatsname wohl die meisten Google-Treffer erziele. Ich hatte auf August, November und Dezember gesetzt und kam damit auf spärliche 3.056.000 Suchergebnisse, während die siegreiche Kombination Mai-Juni-Oktober mit 6.180.000 Punkten durchs Ziel ging. Schuld war unter anderem das »Multilaterale Investitionsabkommen« MAI.

Mittlerweile haben sich die Verhältnisse rätselhaft zugunsten des Februars verschoben[1], aber das Grundproblem bleibt: Homonyme erschweren das Googeln auf unzumutbare Weise. Wenn ich einen bestimmten Service suche, will ich von Geschirrwebsites verschont bleiben, wenn ich eine Leiter kaufen will, soll man mich mit Dingen, durch die Strom hindurchfließt, in Ruhe lassen und mit Homonymen meine ich nicht schwul-lesbische Webseiten wie www.homonyme-nancy.com, den ersten Google-Treffer zum Thema.

Nicht einmal der Begriff »googlebar« ist googlebar, denn er kollidiert mit der Google-Zeile, die sich direkt in den Browser einbauen lässt. Wie es da ist, wenn man wirklich einmal eine goldfarbene Dusche erwerben möchte, mag ich mir gar nicht vorstellen. So jedenfalls kann es nicht bleiben, denn was nicht googlebar ist, das existiert auch nicht oder doch nur in einem nutzlosen grauen Schattenreich: der Kaffeeservicewüste.

Schon im Interesse der Wirtschaft ist größere Google-Eindeutigkeit gefordert. Das beginnt bei den Standesämtern, die beim einzutragenden Kindsvornamen neben – meinetwegen auch anstatt – der klaren Geschlechtszuordnung auf unzweideutige Googlebarkeit pochen sollten. Jeder Staatsbürger hat ein Recht auf ungetrübtes Ego-Surfvergnügen, ohne sich seine Suchtreffer mit mehreren tausend wildfremden Harald Schmidts teilen zu müssen. Man darf die nötige Gesetzesänderung ruhig nach mir benennen oder meinetwegen nach Cosma Shiva Hagen, denn unsere Eltern haben zukunftssicher geplant.

Was den Rest angeht, wird man analog zu bereits eingeführten Komposita wie Walfisch, Rentier und Marmorstein ein paar Klarstellungen zu verwechslungsträchtigen Wörtern anbringen müssen. »Spiegelzeitung« soll wieder von »Spiegeleinrichtungsgegenstand« zu unterscheiden sein, »Gesichtskiefer« von »Kieferbaum«, und die Tätigkeit des Fickenpoppens von der Interjektion »Fickenfluch«.

Natürlich werden ein paar schneidige Sprachreformer demnächst anfangen, »Fickenpoppen!« zu rufen, wenn sie Cola in die Tastatur gekippt haben, aber dann muss eben nachgebessert werden. Dass der River Avon übersetzt »Flussfluss« und der »Torpenhow Hill« »Bergbergbergberg« heißen[2], weil man ihnen nach jeder Invasion ein neues Synonym angehängt hat, stört ja auch niemanden. Und das Markenrecht darf nicht wie bisher identische Produktnamen nur in unterschiedlichen Warengruppen zulassen, sondern sollte vielmehr dafür sorgen, dass gleichnamige Produkte wenigstens googletechnisch im gleichen Regal liegen wie das eigentlich Gesuchte.

Man muss bei der Bekämpfung der Homonymie nicht unbedingt so weit gehen wie bei »Mark« und das überzählige Signifikat mit einer kompletten Währungsreform aus der Welt schaffen. Für den Anfang genügt es, wenn die Augustname-

Bebelstraße und die Alban-Bergkomponist-Straße neue Straßenschilder und Joachim Lottmannautors Romanbuch »Maimonat, Junimonat, Julimonat« ein neues Cover bekommen. Ja, so könnte es gehenklappen.

20.3.2003

1 Neuerdings führt wieder der August, gefolgt von September und Mai.

2 Unter en.wikipedia.org/wiki/List_of_tautological_place_names sind noch viel mehr Ortsnamen dieser Bauart aufgelistet.

ALLIIERTE VERWIRRUNGEN

Ira Strübel

Wenn ich mit Frau Passig um die Häuser ziehe, was bei Gott nicht wesentlich häufiger vorkommt als ein Golfkrieg, dann kann es durchaus passieren, dass wir am gleichen Abend Unterschiedliches wahrnehmen. Womöglich starre ich die ganze Zeit gebannt auf die Schuhe der Frau am Nachbartisch. Und Passig auf den in Flecktarn gehüllten Arsch des Kellners. Aber kluge Kinder, die wir sind, vergleichen wir anderntags, sobald wir wieder sprechen können, unsere Notizen. Und vermitteln so auch non-embedded Freunden bei der Zweitverwertung das Gefühl, dass wir beide vom gleichen Abend berichten.

Wenn die Briten mit den Amis um die Häuser ziehen, läuft das anders: Während die einen behaupten, in Villarriba werde noch geschrubbt, verkünden die anderen, dort werde schon gefeiert. Wird man diesbezüglich investigativ tätig, stellt sich alsbald heraus, dass sie ohnehin Villabajo meinten, sich ansonsten aber noch immer nicht einig sind, was dort wirklich vor sich geht.

Eine Zumutung. Ich meine, wenn man mich schon Tag und Nacht mit Propaganda beschießt, dann möchte ich wenigstens, dass diese professionell aufgezogen ist. So ist das ja auch in der Werbung: Alles an Kommunikation sollte auf das Konto der einen Marke einzahlen.

Aber da geht es ja schon los: Warum kämpfen die Briten (www.mod.uk) in »Operation Telic« und die USA (www.centcom.mil) in »Operation Iraqui Freedom«? Ich sage doch auch nicht: »Gestern war ich mit Passig im Prassnik«, während sie erzählt, wir seien in der Philharmonie gewesen!

Gut, man weiß, dass die Darpa (www.darpa.mil) das Netz nicht explizit dafür gebaut hat. Aber könnte man sich nicht trotzdem unter den alliierten Kriegsparteien gelegentlich per Mail abstimmen, ehe man eine Pressekonferenz gibt? Gibt's denn auf den Feld-Laptops keinen billigen Instant-Messenger, mit dem man mal eben unverfänglich die Lage in der PR-Abteilung der Anderen sondieren kann? Hin und wieder eine SMS von General Franks an Tony Blair – das scheint mir nicht zu viel verlangt. Dass man zum Herunterkochen auch komplexerer Botschaften auf knappe Eindeutigkeit in der Lage ist, haben die USA doch schon vor dem Krieg bewiesen, und das nicht nur in ihren Flugblättern (www.psywar.org/leaflets.php[1]). Da bleibt einem nur die Flucht nach vorn: sich vollends in die Vielstimmigkeit zu stürzen, immer mehr Medien nach immer weniger verwertbarer Information zu scannen und dabei froh zu sein, dass einem dieses Schicksal im Privatleben erspart bleibt. Denn ganz ehrlich – ich wüsste nicht, wie lange mein Interesse an Frau Passigs Alltag sich aufrechterhalten ließe, wenn ich mir ihr tägliches Update so mühsam zusammenkratzen müsste. Schon morgens überkommt mich bleierne Müdigkeit, wenn ich mich von »Salam Pax« (www.dear-raed.blogspot.com) über Ticker und Magazine via www.whatreallyhappened.com bis hin zu den offiziellen Statements unter www.pentagon.gov hangele und dabei vergeblich versuche, mir freihändig und ohne anständiges Holz meine eigene Wahrheit zu schnitzen.

Nein, Frau Passigs Informationspolitik ist da wirklich überzeugender: eine Anlaufstelle, eine Version. Bereitwillig und offen gibt sie Auskunft, nie gab es den geringsten Anlass für Zweifel an ihrer Berichterstattung, stets war sie synchron mit den jeweils in ihre Operationen involvierten Alliierten. Vielleicht sollten Mr Blair und Mr Bush Frau Passig einfach mal konsultieren – ich bin mir sicher, sie hilft gerne weiter. Dann klappt's auch mit dem Nachbarn. Oder doch zumindest mit der Kommunikation der Willigen.

3.4.2003

1 *An dieser Stelle befand sich ursprünglich ein direkter Link zu einem geheimen, kryptischen Flugblatt. Offensichtlich ist dieses Flugblatt inzwischen noch geheimer und kryptischer geworden, denn es lässt sich nicht mehr auffinden. Als gleichwertigen Ersatz haben wir deshalb einen Link zur Propagandaflugblattdatenbank von Psywar.org eingefügt, die Stunden guter und sauberer Familienunterhaltung garantiert.*

INTERNETKOLUMNISTINNEN VON INNEN

Kathrin Passig

»Wie ist das denn so«, fragt man uns häufig, »wenn man zwei total berühmte Internetkolumnistinnen für ein bekanntes Fachblatt ist?« Denn über kaum einen Beruf ist die Bevölkerung so schlecht aufgeklärt wie über den der Internetkolumnistin. Da *Brigitte Young Miss* und alt.taz.internetkolumnis tinnen[1] ihren diesbezüglichen Auftrag vernachlässigen, hier das Wichtigste in Kürze:

Morgens, na ja, nachmittags schälen wir uns aus der seidenen Bettwäsche unter den vielen im Internet erworbenen Gespielen hervor. Nur mit knappen T-Shirts führender Hardwarehersteller bekleidet, die auf der Vorderseite ein geschmackvolles Logo und hinten die Aufschrift MEGA GEEK BABE tragen, tänzeln wir an den Rechner, dessen mächtige Internetanbindung den Durchbruch mehrerer Wände erforderte. Mit Hilfe von Eingabemetaphern, die ebenso wohldesignt wie ganz weit vorne sind, surfen wir ein wenig im Netz, während uns blutjunge Praktikanten die Zehennägel lackieren, bis es Zeit für die exklusive Website-Relaunch-Party bei Trendgetränken ist.

So denken sich die Leute das, und deshalb stehen sie vor den Umschulungskursen zur Internetkolumnistin Schlange. Tatsächlich war die glamouröseste Einladung der letzten Jahre eine zu Fräulein Strübel nach Hause. Statt rotem Teppich gab es Plastikparkett, wir tranken lauwarmen Gin Tonic aus der

Dose und gingen früh schlafen. Auf unseren T-Shirts waren die geschmacklosen Logos nicht so führender Bierhersteller zu sehen, und hinten drauf stand ABI IRGENDWANN IM VORIGEN JAHRTAUSEND.

»Aber!«, wendet der Leser ein, »ihr dürft doch bestimmt umsonst auf die CeBIT, kriegt alle High-Tech-Geräte aus der Wired-Abteilung ›Fetish‹ kostenlos zur Ansicht zugesandt und müsst euer *c't*-Abo nicht bezahlen?[2] Spendiert man euch teure Forschungsreisen dahin, wo die Backbonekabel im Atlantik verschwinden?« Schön wärs. Stattdessen ersteigern wir selbst Batterien gebraucht bei eBay, die Rechenleistung unserer Hardware entspricht zusammengenommen der eines Tchibo-Fahrradcomputers, und das einzige Produkt, das uns je ein Hersteller kostenlos zugesandt hat, um unsere Meinung darüber zu erfahren, heißt »AOL 30 Tage kostenlos«.

»Je nun, aber was ist mit der anbetenden Leserpost, braucht ihr da spezielle Spamfilter? Sicherlich gibt es da Fansites, die nur der Exegese eurer Worte gewidmet sind«, vermutet der Leser. Klar bekommen wir jede Menge Huldigungen, die wir uns gegenseitig unter fremdem Namen schreiben. Der Rest der Zuschriften geht eher so: »Der Artikel ist zu kurz, unstimmig, fehlerhaft, unvollständig und nicht mal für eine Glosse gut genug!« Seit die Kolumne existiert, erreichen uns regelmäßig Vorschläge, anstatt immer über das Internet doch auch mal was über das Theater zu schreiben. Und wenn der Setzer nicht gewohnheitsmäßig unsere E-Mail-Adressen verstümmeln würde, wäre alles noch viel schlimmer.

»Aber gewiss stimmt doch wenigstens die Kohle?«, erkundigt sich der Leser mit zitternder Unterlippe. Das ist immerhin wahr. Wenn man nebenbei so 4 bis 5 Tage die Woche putzen geht, keine Zeit in Recherche investiert und kurze, unstimmige, fehlerhafte, unvollständige Texte abliefert, die überhaupt nicht vom Internet handeln und zur Hälfte erlogen sind, doch, dann stimmt die Kohle.

24.4.2003

1 Diese Adresse stammt aus dem sogenannten Usenet. Was das einmal war, braucht die Jugend heute nicht mehr zu wissen.
2 Das mussten wir nach diesem Artikel dann allerdings wirklich nicht mehr. Danke, Heise Verlag!

LETZTE WARNUNG

Ira Strübel

Ein kleiner Exkurs in die wunderbare Welt der Fürwörter. Lektion eins: ich, mir, meins. Beziehungsweise: wir, uns, unseres. Lektion zwei: ich, beziehungsweise: wir. Im Gegensatz zu »du«.

So einfach ist das. Sollte man meinen. Aber üben wir lieber noch ein bisschen in der Praxis: Mein Text. Nicht dein Text. Unsere Kolumne. Nicht deine. Unser Text auf unserer Website. Unser Text nicht auf deiner Website.

Überfordert? Haben wir uns gedacht. Anders ist es ja auch kaum zu erklären, dass unsere Texte immer wieder eins zu eins kopiert auf Webseiten auftauchen, auf denen sie nun wirklich nichts verloren haben. Wie sie dort hinkommen, können wir uns kaum erklären. Da all unsere Texte mit GPS ausgestattet sind, werden sie sich schließlich nicht verlaufen haben.

Es kommt also nur mutwilliges Textjacking in Frage. Unter Zuhilfenahme ausgefeilter Kopiermechanismen und mit entsichertem Rechner werden die Texte erst nach dem Weg gefragt und dann heimtückisch in einen weißen Pkw, Kennzeichen unbekannt, gezerrt. Durch Isolationshaft im Zwischenspeicher orientierungslos gemacht, setzt man sie schließlich an scheußlichen Orten (die Hölle, das sind immer die Websites der anderen) aus, wo sie brutalstem textuellem Missbrauch und Sklavenarbeit ausgeliefert sind. Angesichts solcher Grausamkeit werden Strübel & Passig zu Messerjocke

& Blutsvente. Denn mein, beziehungsweise unser, ist die Rache. Und sie wird euch nach eurer Mami winseln lassen, aber die wird eure E-Mails nicht beantworten, weil sie sich für euch schämt.

Um unsere Texte aus den Klauen der Copy + Paste-Pest zu befreien, ist uns fast jedes Mittel recht: Flüche werden wir aussprechen, die den Entführern fünfstellige 0900-Rechnungen bescheren, und wahrlich, ich sage euch: Ihre Verlobte wird den Umschlag zuerst öffnen. Voodoo-Zauber werden wir durchführen, auf dass ihre privatesten Mails durch einen falschen Tastendruck auf Mailinglisten landen, ihre Spiele vom Zoll beschlagnahmt werden und ihre T-Shirts noch heute aus der Mode kommen. Mögen ihre Packet Losses niemals unter 50 Prozent sinken, möge ihre Tastatur dauerhaft klemmen und ihr Arbeitgeber mit der gesamten Firma nach Hof umziehen. Möge schließlich all ihre Hardware dreimal kostenpflichtig eingeschickt werden müssen und beim dritten Male nicht zurückkehren. Und siehe: Erst wird es Protest regnen und dann Abmahnungen hageln. Nein, wirklich.

Der Fairness halber und weil unsere Anwälte meinen, wir sollen, sagen wir es jetzt und hier und auch nur einmal: Künftig werden all unsere Texte am Ohr tätowiert und sind daher jederzeit und auf jeder Website sofort wiedererkennbar. Dank modernster Recherchetechnik (Internet) sind wir somit in der Lage, unsere Lieben jederzeit zu orten. Und das tun wir nicht, um ihnen Carepakete zu senden.

Gut, bis wir Ihnen die GSG-9 ins Haus schicken, dauert es ein bisschen. Aber wenn wir den Amerikanern stecken, dass Sie Massenvernichtungswaffen auf Ihren heimischen Ölquellen lagern, kann es ganz schnell ungemütlich werden. Und wir kennen Amerikaner! Im biblischen Sinne!

Sollten jedoch all diese Maßnahmen nicht greifen und auch fürderhin unsere Texte verschleppt werden wie sonnengegerbte Touristen in der algerischen Sahara, dann sehen wir uns gezwungen, drastische Maßnahmen zu ergreifen. Deshalb: Schluss mit dem Textjacking. Oder wir kastrieren sie alle, dann ist Schluss mit dem Streunen.

Also, die Texte jetzt, nicht die Leser.

15.5.2003

ZENSIERTE ZENSUR

Kathrin Passig

Ab 1754 erschien unter Kaiserin Maria Theresia der »Catalogus librorum prohibitorum«, eine 40-bändige Liste der in Österreich verbotenen Bücher. Schon 1777 erfreute sich dieses Verzeichnis solcher Beliebtheit, dass es seinerseits auf dem Index – also auf sich selbst – landete. Und das zweihundert Jahre vor der Erfindung des Catch 22!

Einem normalen Menschen wird schwurbelig im Kopf, wenn er länger über die Implikationen nachdenkt. Nicht so der Bundesprüfstelle für jugendgefährdende Medien (BPjM), die im April 2003 ein Veröffentlichungsverbot für ihre eigene »Liste indizierter Telemedien« erlassen hat. War diese Liste bisher über das Amtliche Mitteilungsblatt der BPjM jedem Bürger zugänglich, der 33 Euro für das Jahresabo ausgeben wollte, darf sie jetzt nur noch Behörden und Herstellern von Filterprogrammen zur Verfügung gestellt werden. Schließlich enthält sie neben den üblichen Ferkelseiten auch Angebote wie jenen Witz über die Herstellung von Katzen in Bonsaigröße, der nicht nur zahlreiche Protestschreiben merkbefreiter Katzenliebhaberinnen, sondern eben auch eine Indizierung durch die BPjM nach sich zog. Da öffentliche Werbung für indizierte Seiten mit Geldbußen im Gegenwert von 833 Jahren *taz*-Kolumnenschreiben belegt werden kann, verzichte ich auf die Nennung der Adresse; depravierten Personen wird eine Google-Suche nach *bonsai katzen* weiterhelfen.

Dass diese Website auf dem Index steht, weiß ich noch aus der alten, nicht ganz so geheimen Version der Liste, aber in Zukunft wird man Zensur-Teekesselchen spielen müssen, und wie beim richtigen Teekesselchen-Spiel ist der, der es errät, dran. Das entbehrt nicht einer gewissen Logik, denn Kindern gibt man schließlich auch keine schriftliche Liste alles Verbotenen in die Hand. Man wartet ab, bis sie's tun, und langt ihnen dann eine.

Jetzt gehöre ich ja zu einer Generation, für die sich der Staat erst mal nicht per se als Verbrecherbande darstellt. Bisher war mir mein Vaterland immer als halbwegs zurechnungsfähiges erschienen. Aber was soll werden, wenn es morgen auf das Aufstellen von Parkverbotsschildern mit der Begründung verzichtet, dass die Leute sonst auf die Idee kommen könnten, dort zu parken? Und dann aber trotzdem Strafzettel austeilt? Oder etwa, wenn sich EU-Sozialkommissarin Diamantopolou mit ihrem Plan durchsetzt, »klischeehafte und entwürdigende Darstellungen« von Frauen in Werbung und Medien zu verbieten? Und was ist, wenn dann keiner auf mich hört, wie ich mit dem Fuß aufstampfe und sage, dass ich es als entwürdigende Darstellung von Frauen empfinde, wenn EU-Kommissarinnen so einen Schmarrn daherreden?

Aber zum Glück gibt es seit wenigen Wochen[1] BRIDGE, eine Stiftung zur Wahrung der Bürgerrechte im Internet (www.bridge-ideas.de), und dort sind 15.000 Euro für »Ideen und Vorschläge für Kampagnen oder Aktionen« ausgeschrieben. Frl. Strübels und mein Projektkonzept sieht den Erwerb eines Taschenkalenders vor, der an die BPjM geschickt wird, so dass man dort nachsehen kann, dass wir nicht mehr das Jahr 1777 schreiben. Kostenpunkt inklusive Porto: etwa 4 Euro.

Für die restlichen 14.996 Euro finden wir schon irgendeine Verwendung. Vielleicht einen Altersruhesitz mit Standleitung auf den Bahamas oder so.

3.7.2003

1 *Inzwischen leider schon wieder nicht mehr.*

GOTT RENDERT NICHT

Kathrin Passig

Die Großbaustelle des neuen Hauptbahnhofs war in den letzten Jahren eine der grafisch aufwändigsten Ansichten von Berlin, besonders von der S-Bahn aus betrachtet. Die vielen Stützen, Streben und Gerüste, die in elegantem Parallaxensscrolling vorübergleiten! Überzeugende Befestigungen an allen Verbindungsstellen ohne Clippingfehler, kein Backface Culling und so gut wie ruckelfrei! Es ist beeindruckend und ein bisschen ungerecht, dass die Natur diesen ganzen komplizierten Anblick so mühelos in Echtzeit rendert, und das ja schließlich nicht nur für mich, sondern auch für die ganzen übrigen S-Bahn-Passagiere entsprechend versetzt. Andere BVG-Kunden kriegen für ihre zwei Euro zwanzig nur einfarbige U-Bahn-Schacht-Hintergründe, und selbst bei der teuren Bahn ziehen häufig nur lieblos gekachelte ICE-Lärmschutztrassenwände und Copy-Paste-Wälder vorbei.

Im Urlaub trumpft die Natur mit ihrer Rechenleistung noch unverschämter auf als zu Hause, was die mitreisenden Programmierer persönlich kränkt. »Solche Wolken kann ich einigermaßen«, klagt Sven und deutet auf ein paar Zirrusfetzen, »aber die großen da drüben gehen gar nicht. Ich sitz da monatelang dran, und ein paar beschränkte Wassermoleküle machen das einfach so im Vorbeigehen!« Neidzerfressen betrachtet er den blauen Himmel. »Die Natur hat aber auch mehr als 16,7 Millionen Farben, sonst kriegt man so einen Himmel gar nicht streifenfrei hin.« Das kann eigentlich nicht stimmen, weil wir allesamt noch kleine Tiere mit einem lichtempfindlichen Loch in der Schädeldecke waren, als der

Himmel erfunden wurde, und damals bestenfalls 16 Graustufen unterscheiden konnten. Aber Sven findet, das sei halt einerseits die Qualitätsreserve, an der man professionelles Projektmanagement erkenne, und andererseits sei ja dann auch ziemlich bald der Adler eingeführt worden.

Dann blickt er weiter unglücklich aufs türkisblau und leichterhand vor sich hinwogende Meer hinaus, das nämlich noch viel schwerer zu rendern ist. »Sogar die Programmierer von diesem einen Schiffsuntergangsfilm mussten den Schaum mit einem hässlichen Hack oben aufs Wasser kleben«, sagt er ergrimmt. Das Meer wird gleich noch ein bisschen durchsichtiger vor Schadenfreude, reflektiert Caustics in alle Richtungen und tut dabei so, als wäre nichts. »Guckt mal«, sagt es, »das kostet mich alles so was von überhaupt keine Mühe, dass ich mich zum Beispiel sogar noch schäumend an diese Klippen da werfen könnte oder ... oder Schiffe am Horizont vorbeiziehen lassen, la la la.« Zähneknirschend starren wir in die Wellen. »Menno«, sagt Sven, »wenn man die Naturgesetze selbst festlegen kann wie Gott, *und* dann alles in Hardware implementiert, dann ist das ja auch einfach, das ist ein uneleganter Brute-Force-Ansatz, so was mach ich dir in drei Tagen. Gut, beim Kunden würd ich sieben abrechnen. Aber wenn man den ganzen Kram reverse engineeren muss, ist man halt gefickt.«

Wir werfen mit Steinen nach dem Meer, damit es wenigstens arbeiten muss für sein Geld und die zusätzlichen Wellen und ihre Überlagerungen ausrechnen. Dann haben wir die Schnauze voll und gehen im Ferienhaus die Wand anstarren. Nächstes Mal fahren wir dann vielleicht doch in die Antarktis, denn zwei, drei Polygone weiß anstreichen, das kann jeder.

18.9.2003

MAL DIE SEELE UM DEN HALS BAUMELN LASSEN

Ira Strübel

Wussten Sie, dass man aus »Anagramme, alter Hut!« durch ganz leichtes Schütteln der Buchstaben »Mehrlagen-Traumata« bauen kann? Ich erwähne das nur, weil ich gestern nächtens, schon in fragwürdigem Zustand, plötzlich der noch fragwürdigeren Tatsache gewahr wurde, dass das Wort »Internetkolumnistin« anagrammiert »I on umstritten Link« ergibt.

Das bringt mich, mehr oder weniger, zum Thema. Es ist nämlich so: Während ich zu Hause mit effizienzverschmierten Fingern an der Rekonstruktion des Bruttosozialprodukts (»Absturzort Dokupilot«) schraube, sitzt Fräulein Passig auf den prächtigsten Inseln herum und preist feuchten Fußes Gottes Graphikkarte (»Post-Tragik, gekraeht!«).

Nur wer die Sehnsucht kennt, weiß, wie ich neide. Angesichts eines Workloads allerdings, der vor 2005 kaum nachlassen wird,[1] und in Anbetracht der Tatsache, dass »There's no place like home« anagrammiert lediglich »Oho! Schlampenkelterei!« sowie ein beschämendes Rest-E, jedoch keinerlei Hinweis auf günstige Last-Minute-Reisen ergibt, ist an Fortfahren vorerst nicht zu denken.

Ohne den Schreibtisch zu verlassen, gilt es darum, mich selbst davon zu überzeugen, dass es zu Hause doch am schönsten sey. Schließlich könnte das Leiden bald nur noch durch ein *Living at Home*-Abo zu heilen sein. Unter geschickter Umgehung von Suchbegriffen wie »Urlaub«, »Traumziele«

und »Entspannung pur« versuche ich, Orte zu ergoogeln, an denen man die Seele allenfalls an einem Strick um den Hals baumeln lassen möchte.

»Das wird mich aufmuntern«, denke ich, als mir die Tour durch das Riverbend-Hochsicherheitsgefängnis (www.state.tn.us/correction/institutions/rmsitour.html) entgegenfällt. Mehrfach betrachte ich die Zäune der Security Perimeters, um dann einen Blick durch mein eigenes, immerhin unvergittertes Fenster zu werfen. Na bitte.

Den verzweifelten Wunsch meines von Mühsal und Fertiggerichten geschundenen Leibes, sich all-inclusive ins karibische Meer zu stürzen, womöglich unter Anleitung eines schmucken Animateurs, würge ich erfolgreich durch einen Besuch bei der königlich-belgischen Militärakademie (www.rma.ac.be/RMAdotNet/multimedia/) ab. Animation? Ohne mich!

»Aber es ist so langweilig hier!«, jault es in mir auf. »Langweilig! I'll show you langweilig!«, kontere ich und zwinge mich, eine Viertelstunde lang dem Mais unter www.iowafarmer.com/corncam/corn.html[2] beim Wachsen zuzuschauen. Als »the excitement of growing corn« erste Anzeichen von Hospitalismus provoziert, schließe ich zufrieden den Browser.

Was einem nicht alles widerfahren kann, wenn man sich vor die Tür wagt! Unüberlegter Souvenirkauf: www.bisontattoos.com/tattoocam.html! Unangenehme Unterbringung: go.to/kippenwebcam! Nein, da bleibe ich lieber zu Hause und schaue zu, wie die Farbe von der Wand bröckelt. Am besten bei anderen Leuten: www.sudftw.com/paintcam.htm. Vielleicht lege ich auch ein Blog an, eins mit einer Webcam, die meine Couch beobachtet (www.davidrstone.org/violin/boring_webcam.htm), damit die Welt auch mal was von mir sieht.

Oder ich fahre doch noch weg, irgendwann. Nach Elephant Butte, USA. Vielleicht auch an den Boring Creek. Schließlich ergibt »Oednis, hurra!« anagrammiert »Order: hinaus!«

3.10.2003

1 An dieser Stelle wollte Frl. Strübel eine Fußnote über das Nachlassen ihres Workloads nach 2005 einfügen, musste aber leider arbeiten.

2 Die Kamera wurde leider von einem Wetter zerstört, soll aber irgendwann restauriert werden. Wir vermuten, dass Spenden willkommen sind.

SCHÖNER LEBEN AUF DER KOMMANDOZEILE

Kathrin Passig

Wohlmeinende Freunde reden mir seit Jahren zu, ich solle mich doch endlich von der grafischen Benutzeroberfläche unabhängig machen und mit der Kommandozeile anfreunden. Da mein Gedächtnis »auf das kleine Blaue unten rechts klicken« viel bereitwilliger speichert als borstige Kommandozeilenkonstrukte, bin ich aber bisher uneinsichtig geblieben. Als Nichtraucher habe ich mich in der Uncoolness sowieso schon wohnlich eingerichtet, da kommt es darauf jetzt auch nicht mehr an.

Der Kohlenstoffwelt dagegen würde ich lieber heute als morgen die GUI vom Angesicht reißen, um endlich Zugang zu all ihren praktischen Konfigurationsmöglichkeiten zu bekommen. Die Oberfläche der Welt gibt doch leider nur einen Bruchteil dessen preis, was man eigentlich zu ihrer Bedienung wissen müsste – man muss sich das in etwa so vorstellen, wie wenn man eine Website ausdruckt und sämtliche Links irreparabel zu dem unnützen Wort hier zusammenschnurren. Dieses hier ist die Welt, wie wir sie sehen; ein flaches, höchstens noch zu Dekorationszwecken zu gebrauchendes Abbild einer wesentlich komplexeren Angelegenheit. Nur weil man uns, wie Microsoft seinen Kunden, nicht zutraut, mit den vielen verwirrenden Parametern und der mangelhaften Dokumentation zurechtzukommen.

Zugegeben, es ist praktisch und intuitiv, im Laden einkaufen zu können, indem man einzelne Artikel ergreift und in den Einkaufswagen legt, aber wenn die Default-Raufaserskin der Wohnung nervt, würde ich sie schon gern mit wenigen Handgriffen umkonfigurieren, anstatt wochenlang die alte Tapete zu deinstallieren und Legacy-Produkte von vor dem ersten Weltkrieg von den Wänden schaben zu müssen. Wie entspannend wäre es, direkt in die körperlichen Funktionen eingreifen zu können und z.B. die Zähne zu debuggen oder sich einen dritten Satz einzurichten, statt alle paar Monate der Zahnärztin Root-Rechte zu gewähren. Wie viel Penisverlängerungsspam ließe sich durch einfache SIZE-Änderungen einsparen! Und statt teurer Drogen bräuchte man nur ein paar Einstellungen im Wahrnehmungsfilter zu justieren.

Aber wer bräuchte schon teure Drogen, wenn man so viele quälende Erscheinungen des Alltags einfach für immer loswerden könnte. Durchsagen in öffentlichen Verkehrsmitteln zum Beispiel, Baustellenschilder und alle anderen realen Äquivalente der wandernden Windows-Taschenlampe, die einem mitteilen, dass im Hintergrund Dinge passieren, die einen nichts angehen, lange dauern und wahrscheinlich nicht funktionieren werden. Oder die zäh dahinkriechende Fortschrittsleiste, die bei 96 % die Applikation beendet respektive das Amt schließt. Die weitgehend contentfreie und ohne die neueste Flashversion unbrauchbare Grafikhölle um den Potsdamer Platz und überhaupt alle lästigen animierten Blinkelemente.

Ach, es wäre ein wunderbares Leben, auch wenn man mehr Zeit als bisher dafür aufbringen müsste, es nach Wunsch zu konfigurieren und ausgefeilte Bans auf alle Personen zu setzen, die man nie mehr sehen oder zwar sehen, aber nicht mehr hören möchte. Obwohl die sich dann vermutlich in zufällige Zeichenketten umbenennen würden, um einem weiterhin auf die Nerven zu fallen. Aber egal, ich will die Kommandozeile fürs Leben und ich weiß jetzt auch, wo man sie herkriegt: Hier.

16.10.2003

Die ungeschriebenen Kolumnen

Gegen Ende des Lebens ist man oft etwas klüger als zu Anfang. »Ach, wären wir doch netter zu den Menschen um uns herum gewesen«, seufzt man, »dann würden sie sich jetzt darum reißen, uns ein Nachwort zu schreiben. Als hätten wir nicht genug unterbezahlte Arbeit gehabt mit den Texten in diesem Buch!« Selbst Nachwortautoren, mit denen wir beide im Bett waren, weigerten sich – ob nun deshalb oder trotzdem, wer vermag das zu sagen. So müssen wir also ein letztes Mal selbst Hand anlegen.

Die hier versammelten, behutsam aktualisierten[1] Texte erschienen zuerst auf der »Wahrheit«-Seite der *taz*, später dann als Kolumne »Strübel & Passig« auf der wöchentlichen *taz*-Sonderseite zum Thema Internet. Diese Kolumne hatten wir der *taz* damals mit der Begründung verkauft, man dürfe im Jahr 2000 ruhig auch mal was anderes über das Internet schreiben als »Neulich war ich zum ersten Mal in diesem Online da.« Zwei Jahre später wurde die Kolumne mit der Begründung eingestellt, die Zeit der mit »Internet« überschriebenen Zeitungsseiten sei abgelaufen. Das war einerseits richtig und ist andererseits schade, denn seitdem hat sich das Internet schon wieder mehrfach neu erfunden. Einiges, was wir damals beklagten, gibt es heute nicht mehr, vieles ist besser geworden und manches Bewährte ist unverändert geblieben, etwa die Nigeria-Connection. Die mehrjährige Kolumnenlücke lässt sich nicht mehr schließen, aber ersatzhalber und abschließend liefern wir hier eine kurze Zusammenfassung der ungeschriebenen »Strübel & Passig«-Beiträge von 2003 bis 2007.

Das hätten wir gelobt:

– Mangelnde Nutzerfreundlichkeit auf vielen Unternehmensseiten wurde durch Buttons mit Glanzreflexen und wesentlich elaboriertere mangelnde Nutzerfreundlichkeit ersetzt.

– Avatare sind nicht länger winkende Briefmarken, sondern wunderbare Tiere mit Hörnern und wohldesignten Genitalien.

– Verschwunden ist der »Web-Award der Familie Engolding«, und dass es einmal so etwas wie AOL gegeben hat, also ein zweites, blöderes Internet im Internet, das fiel uns erst beim Lesen unserer eigenen Kolumnen wieder ein.

– Selbst der *Spiegel* schreibt »Internet« nicht mehr in Anführungszeichen.

– Niemand verschenkt mehr lustige Maus-Garagen oder E-Mail-Öffner.

– Es gibt Anzeichen dafür, dass die Vernunft vielleicht doch am Ende siegen wird, etwa den Erfolg von Firefox vs. Internet Explorer, den Erfolg von Apple vs. Rest der Welt oder das Auftauchen von DRM-freien Musikangeboten.

– Manchen Menschen gelingt es tatsächlich, im Internet Geld zu verdienen, nicht nur mit Pornografie (alt), sondern auch mit Blogs (neu) oder durch Handel mit selbstgestrickten Kaffeetischdeckchen (ganz neu).

– Seiten, die schön sein sollen, werden nicht mehr aus Prinzip mit einer viertelstündigen Flash-Animation eröffnet oder gar komplett in Flash gebaut.

– Zukunftsweisende Ideen wie flickr, Google Maps oder das neuartige Konzept der Zusammenarbeit mit anderen Menschen vereinfachen unser Leben derart, dass wir gern in

Kauf nehmen, dass gleichzeitig alles immer komplizierter wird.

– Man muss kein Sonderling mehr sein, um jemanden im Internet kennengelernt zu haben.

– Man kann inzwischen online auch Shampoo und Zahnpasta kaufen, ohne 30 Euro Porto zu bezahlen.

– Dank der schlecht gesicherten WLANs in fast jeder Nachbarschaft kriegt man heute viel mehr Gratis-Internet als früher von AOL.

– Neue Dinge, die Erfolg oder einen griffigen Namen haben (Web 2.0, Second Life) können trotz Rezession noch prächtig bunte Medienhypes auslösen, und wenn diese Hypes sich ihrem Ende zuneigen, bricht nicht gleich die Weltwirtschaft zusammen.

– Bei allen Innovationszyklen bleibt die *c't*.

Das hätten wir bemängelt:

– Es gibt nach wie vor Internetadressbücher auf Papier.

– Die Internetcafés und Imbisse mit @ im Namen sterben nicht aus.

– Man kann sich immer noch nicht online die Haare schneiden lassen.

– Langweilig professionell übersetzter Spam hat die *Geschlechtsnocken* und *reizvollen Phasenmädchen* abgelöst.

– Unserem pingeligen Wunsch, man möge doch Web und Netz zu unterscheiden lernen, wurde immer noch nicht vollständig nachgekommen.

– Wenn das Internet durch familienfreundliche Zensur bei user-generiertem Content (Second Life, flickr, Facebook) immer mehr zu dem wird, was früher AOL war, wird demnächst irgendwoher ein neues Internet wachsen müssen.

– Im Namen von Terrorbekämpfungsmaßnahmen dürfen Staaten ungefragt unsere Geschlechtsnockenkorrespondenzen mitlesen.

– Es gibt viel zu viele unterschiedliche Messenger – so viel Individualität muss doch wirklich nicht sein. Dasselbe gilt für Networking-Sites. Wie blöd ist das denn, wenn jeder einzelne Freund bei einer anderen Networking-Site networkt?

Und das hätten wir uns für die Zukunft gewünscht:

– Bitte die folgenden immer noch herumlungernden Begriffe abschaffen: Surfen, Datenautobahn, Chatten (nach Erfindung eines besseren Wortes, das ohne Umwege ausdrückt, dass man nicht die Telefonier-, sondern die Hinschreibversion von Skype, und auch nicht etwa ein Gespräch mit einem physisch anwesenden Gesprächspartner meint. Vielleicht kann man einfach »Reden« sagen und muss dann nur noch je ein neues Wort für »Gespräche mit physisch anwesenden Gesprächspartnern« und für »Gespräche mit dem Mund« finden).

– Mehr Transfer zwischen online und offline. Google Earth/Maps auf dem Handy gut und schön, aber warum gibt es immer noch kein Cut & Paste für Kohlenstoffräume?

– Bitte nicht länger nach der Weltformel suchen, sondern lieber einen Standard entwickeln, mit dem man Content von einem Anbieter zum anderen schieben und so eine nomadische, von albernen Zensurmaßnahmen unbedrohte Onlineexistenz führen kann.

– Online Filme ausleihen ist super. Gut für das perfekte Kinoerlebnis daheim wäre, wenn man auch noch lärmende und unangenehm riechende Sitznachbarn herunterladen könnte.

– Ladegeräte von nicht länger benötigten Gadgets sollten künftig nicht mehr hinten im Schrank lungern, sondern sich, wenn sie länger als sechs Monate vom eigentlichen Gerät getrennt sind, automatisch in ihre umweltneutralen Bestandteile (Wasser und Vogelfutter) auflösen.

– Die meisten Zeitschriften und Magazine würden einen Sportreporter kein Börsen-Special schreiben lassen. Es wäre schön, wenn ähnliche Qualifikationsstandards endlich auch für das Schreiben über diese unheimlichen elektronischen Medien da gelten könnten. Sonst kommen wir wieder!

Ira Strübel und Kathrin Passig, Oktober 2007

1 *Umrechnung der DM-Preise in Euro.*

VERBRECHER VERLAG

Jim Avignon
WELT UND WISSEN
Bilder + Geschichten

180 Seiten
80 Abb.
durchgehend vierfarbig
14 € / 28 SFr
ISBN: 3-935843-16-X

Ein neues Buch von Jim Avignon, diesmal gestaltet er einen fiktiven Wissenschaftsatlas, der die verschiedenen Wissenschaftsdiziplinen vorstellt – absurde Grafiken und Landschaften, die unsere Welt erklären. Dazu stellen seine Freundinnen und Freunde, unter anderem Almut Klotz, Dietmar Dath, Andreas Rüttenauer, Kolja Mensing, Linus Volkmann, Françoise Cactus, Christian Gasser und Tom Combo, Texte, so dass die Welterfahrung komplett wird. Ein Bilder-Lesebuch der angenehmen Art.

VERBRECHER VERLAG

Darius James
VOODOO STEW
Stories und Essays
Übersetzt von
Claudia Basrawi
Deutsch / Englisch

208 Seiten
14 €/26 SFr
ISBN: 3-935843-15-1

Darius James schreibt in diesem Buch über die Ursprünge der amerikanischen Popkultur. In seinen Geschichten und Interviews geht es um Unterdrückung und Selbstbewusstsein, es geht um Film und Musik, um Jazz und R'n'B, um Rezepte, Drogen, die USA und Europa, um Politik und um Sex und vor allem geht es um Voodoo. Ein Grossteil der hier versammelten Storys und Aufsätze wird zum ersten Mal veröffentlicht.
Darius James lebte in New York, bevor er Ende der Neunziger Jahre nach Berlin zog. Er publizierte zahlreiche Essays und Artikel zu Film, Musik und afroamerikanischer Kultur und die richtungsweisenden Bücher »Negrophobia« und »That's Blaxplotiation«.

Verbrecher Verlag Gneisenaustraße 2a 10961 Berlin
www.verbrecherei.de info@verbrecherei.de

VERBRECHER VERLAG

Rudolf Lorenzen
KEIN SOLL MEHR UND KEIN HABEN
Erzählungen

276 Seiten
13 € / 24 SFr
ISBN: 978-3-935843-83-6

Rudolf Lorenzen begann seine schriftstellerische Tätigkeit 1955, zunächst als Mitarbeiter bei Tageszeitungen, Periodika und Rundfunk. Er schrieb Feuilletons, Satiren, Essays und Reportagen, vorrangig jedoch Kurzgeschichten und Erzählungen. Nebenher begann er mit der Arbeit an Romanen (u.a. »Alles andere als ein Held« und »Cake Walk«), Hörspielen, Spielfilmen und Fernsehdokumentationen. Ab Mitte der 80er Jahre stellte eine nach der anderen Redaktion die Veröffentlichung von erzählender Prosa ein, und der Autor musste auf die Produktion von Erzählungen und Feuilletons verzichten. Heute, nach 50 Jahren, stellt »Kein Soll mehr und kein Haben« eine Auswahl der Erzählungen aus dem Zeitraum von 1955 bis 1980 vor. Friedmar Apel nannte Lorenzen in der FAZ einen Erzähler »von europäischem Rang« und Florian Felix Weyh schrieb 2002, man solle dem Autor »die Gerechtigkeit widerfahren lassen, die ihm so lange vorenthalten blieb: Ihn als grossen zeitgenössischen Autor zu rühmen.«

Verbrecher Verlag Gneisenaustraße 2a 10961 Berlin
www.verbrecherei.de info@verbrecherei.de

VERBRECHER VERLAG

Irmtraud Morgner
ERZÄHLUNGEN
Ein Lesebuch

176 Seiten
13 € / 24 SFr
ISBN: 3-935843-74-7

Irmtraud Morgner hat, neben ihren Romanen immer wieder kleinere Erzählungen verfasst und sie in Zeitungen und Zeitschriften veröffentlicht. Einige von ihnen, etwa die »Gauklerlegende«, haben es dabei zu großer Berühmtheit gebracht, andere sind nach ihrer Erstpublikation kaum wieder gedruckt worden. Die Arbeit an den großen Romanen ließ Irmtraud Morgner nicht die Zeit, ihre kürzeren Texte gesammelt herauszugeben. In diesem Buch nun lassen sich erstmals alle Erzählungen wiederfinden, die Irmtraud Morgner gelten ließ (die Wiederveröffentlichung ihres Frühwerkes, also den vor 1965 erschienenen Texten, lehnte sie vehement ab). Es geht in ihnen um den Selbstbefreiung, Geschlechtertausch oder den Aufbau des Sozialismus. Auf die Texte trifft zu, was Fritz Rudolf Fries 1990 schrieb: »Ihre fanatischen Erzählungen enthalten gefährliche Kassiber gegen die aus Dummheit und Böswilligkeit gemischte Ignoranz der Über-Väter.«

Verbrecher Verlag Gneisenaustraße 2a 10961 Berlin
www.verbrecherei.de info@verbrecherei.de

VERBRECHER VERLAG

Irmtraud Morgner

DIE WUNDERSAMEN REISEN GUSTAVS DES WELTFAHRERS.

Lügenhafter Roman mit Kommentaren.

160 Seiten
13 €/ 24 SFr
ISBN: 3-935843-73-9

Gustav, ein pensionierter Lokomotivführer, erzählt von seinen Fahrten in alle Welt. Er habe, behauptet er, eine Lokomotive gekauft, und mit ihr die Welt und auch das Weltall erforscht. »Das Meer ist die eigentliche Bestimmung des Lokomotivführers«, stellt er bei Gelegenheit fest. Seine Geschichten sind versponnen, schlüpfrig und immer wieder drollig. Irmtraud Morgner hat mit diesem 1972 erstmals erschienenen Roman den Geschichtenerzählern ein Denkmal gesetzt. »Großvater Gustav war von Kultur ein Lügner, nicht von Natur. In ihm arbeitete die Schöpferkraft der Machtlosen. Zu ungeduldig, um warten zu können, eignete er sich die Welt an, bevor sie ihm errungen war.« Ein begeisterter Fritz J. Raddatz sagte über das Buch »voller Lügen, Fabuliergeschichten und Köstlichkeiten«: »Man kann es nicht genug empfehlen.«

Verbrecher Verlag Gneisenaustraße 2a 10961 Berlin
www.verbrecherei.de info@verbrecherei.de

VERBRECHER VERLAG

Wolfgang Müller (Hrsg.)
NEUE NORDWELT

192 Seiten
14 € / 28 SFr
ISBN: 3-935843-22-4

Von hohem historischem Interesse ist das neue Buch des Islandspezialisten Wolfgang Müller. Er wendet sich der »Neuen NortWelt« des Universalgelehrten Hieronymus Megiser zu, dem ersten größeren deutschen Druckwerk, in dem ausführlich über Island, Grönland und die Phantominsel Frißland berichtet wird. 1613 in Leipzig erschienen, enthält es Texte von Blefken, Arngrimur Jónsson und den Brüdern Zeni. Übertragen in originaler Orthographie, sachkundig eingeleitet und kommentiert von Wolfgang Müller.

»Ich hab ein Isländer gesehen/der eine Hamburgische Tonnen voll Bier so leichtlich an den Mund hielt/und daraus tranck/als wann er nur ein Kannen hette in der Hand gehabt... Und sie leben also viel Jahr ohn Arzney und Arzt. Es erreichen ihre viel das 150. Jahr. Ich habe einen alten Mann gesehen / der sagte daß er damals schon 200. Jahr gelebet hette. Ja, Olaus Magnus schreibet im 20. Buch/die Isländer leben 300. Jahr.«

Der Autor, Musiker und Künstler Wolfgang Müller ist Präsident der Walther von Goethe Foundation. Diese hat sich zur Aufgabe gemacht, die kulturellen und gesellschaftlichen Beziehungen zwischen Island und Deutschland zu erforschen und zu fördern.

Verbrecher Verlag Gneisenaustraße 2a 10961 Berlin
www.verbrecherei.de info@verbrecherei.de

Barbara Kirchner/
Dietmar Dath
SCHWESTER MITTERNACHT
Roman

350 Seiten
16 €/ 30 SFr
ISBN: 3-935843-14-3

Dietmar Dath und Barbara Kirchner, beide profilierte Wissenschafts- und Science-Fiction-Autoren, haben diesen Roman gemeinsam verfasst. Es dreht sich um Himmel und Hölle, um den Krieg zwischen Terroristen und Regierungen, um Sex, Sex, Sex und um die Droge »Schwester Mitternacht«, die auch die Hirne der WissenschaftlerInnen benebelt. Eine packende Story und zugleich eine Gesellschaftssatire.

VERBRECHER VERLAG

Ambros Waibel
LEBEN LUMS
Erzählungen

128 Seiten
13 € / 24 SFr
ISBN: 3-935843-58-5

»Ob Lum für Ada etwas hätte tun können? Ob er etwas hätte tun müssen? Das Problem an diesen Fragen ist, dass Lum bei der Erörterung dieser Fragen sich nicht wohlfühlt, wenn er einen Cocktail oder auch nur ein alkoholfreies Bier in der Hand hat. Lum, das sagen viele, die ihn mögen, könnte viel viel mehr Geld verdienen. Aber, sagen andere darauf, dann wäre er nicht mehr Lum.« Einer trinkt, einer sieht perverse Schlümpfe, einer will schreiben, eine schreibt, einer wird durch Zufall Schauspieler, ein anderer bleibt es aus Desinteresse – in Ambros Waibels Erzählungen geht es um Menschen in der Krise, die allein, aber nicht immer verlassen sind. »Einen Grund dafür, dass Waibels Geschichten so viel Stil, Haltung, Charme und Selbstironie besitzen, erfährt man in einer Glosse zum Schluss. Waibel hat trotz bestandener Aufnahmeprüfung im Jahr 1995 das Studium am Literaturinstitut der Uni Leipzig nicht aufgenommen.« Ralph Gerstenberg / Tip Berlin

Verbrecher Verlag Gneisenaustraße 2a 10961 Berlin
www.verbrecherei.de info@verbrecherei.de